森澄雄 初期の秀吟

榎本好宏

樹芸書房

森 澄雄 初期の秀吟◆目次

森 澄雄 初期の秀吟◆目次

森　澄雄　初期の秀吟

第一章　雪櫟

（ゆきくぬぎ）

冬の日の海に没る音をきかんとす

昭和十五年の作。「『寒雷』以前」の前書きのついた一句。この句の出自については森澄雄の自解があるので、引用してみる。昭和四十九年三月から三年程「杉」の当時の若手作家で作っていた同人誌「麒麟」が出ていたが、その創刊号に、「『雪櫟』以前」の題でこんな風に書いている。

高商（注＝長崎高商）三年、卒業間際の作品だ。このころ戦争はいよいよ深みにはまり、日米開戦の逼迫した暗い状況の中で、就職か（既に朝鮮銀行への就職が決定していたが）大学かの進路の問題、それよりも、一個の人間としての、解明のつかない生死の問題や、哲学的な人生の問題をかかえて、ぼくは毎日暗澹とした日々を抱えて過していた。高商入学の時五十二キロあった体重は四十三キロに減っていた。

この文章の載った「麒麟」も、その後再録の「俳句」別冊の「森澄雄読本」（昭和54年4月刊）も目にしていない読者のために、その辺をもう少し詳しく書いてみる。

澄雄の長崎高商時代の学友で、俳句同好会「緑風会」の仲間でもあった星加輝光氏が、「杉」の昭和四十七年九月号に「長崎時代の森澄雄」なる貴重な文章を寄せている。星加氏は、高商三年の最後の年、昭和十四年の初夏、「森は運命的な事件にあうこととなった」として、次のような事柄を紹介をしている。

> 波郷・草田男とともに、西東三鬼によって難解派とよばれ、または人間探求派と称せられはじめた「馬酔木」の俊英加藤楸邨の処女句集『寒雷』が、肉筆署名入りで申しこみ者に配本された。白地に細かい黒色の筋の入ったこの句集を、森は掌でなんどもなでているかに見えた。（中略）掌中の一冊のその本は、たんに書物の重さに止らず、森自らの将来の「運命」そのものの重さをも加え持っていた。（中略）しだいに森も表面的なモダニズムなどから離れて、楸邨の目を見ひらいて人間と生活を凝視しようとする気魄に同調していったと思えるのである。

ここで言う師・楸邨の『寒雷』には、〈十二月都塵外套をまきのぼる〉の染筆があった。余談になるが、昭和二十一年四月に復員した澄雄のために、全ての蔵書が原爆の灰燼に帰した中で、この『寒雷』だけが両親の手で持ち出され無事だった。

〈冬の日の――〉の一句も、先の「緑風会」の交友会雑誌「扶揺」に発表したものだが、師・楸邨の影響を受けながら、次第に高まりつつある第二次世界大戦の予感の中で、「暗い不安な精神の彷徨と、毎日を過した苦しい喘ぎのような呼吸」(『雪櫟』以前)が込められた作品なのである。

既に決まっていた朝鮮銀行への就職を断り、この春、九州帝国大学法文学部経済科に進学するのだった。

十月や牡蠣舟を出てたたかひに

昭和十七年の作。「出征前夜親友川上一雄と牡蠣舟にあそぶ」の前書きがある。句意は明瞭で説明を要しないが、「たたかひに」については、少し長い解説を要する。前年の十二月八日、真珠湾攻撃で戦端を開いた太平洋戦争は、マニラ、シンガポール、蘭印(オランダ領東印度)、ビルマ占領と続き、国中が戦勝気分に酔っていた。しかし、開戦半年余後にはミッドウェー作戦に失敗、戦局は必ずしもはかばかしくはなかった。八月には、中学・高校・大学の学年短縮が行われ、大学生には、いつ召集令状が来るかという不安があった。二十三歳の森澄雄にもその不安が強かったが、文学や芸術に少しでも関わりのある職場にということで、夏には映画配給株式会社への就職が決まっていた。

しかし、九月末に恐れていた召集令状が澄雄にも届いた。入営まで一週間の日限しかなかった。澄雄は師・楸邨に会うため急ぎ上京した。前年隠岐行を果たした楸邨は、〈隠岐やいま木の芽をかこむ怒濤かな〉などの大作を、旬日を経ずして戦場に赴く若い弟子に読み聞かせた。澄雄もこの時の感動と、先行きの運命の分からない不安を、〈望の槻一すぢみちとなりにけり〉など六句にまとめている。

九月三十日付で九州大学を繰り上げ卒業となり、十月一日に久留米野砲五十六連隊久留米西部五十一部隊に入営しているので、掲出句の牡蠣舟で友人・川上一雄氏と別れの盃をかわしたのは九月三十日ということになる。

川上一雄という友人のことにも少し触れなくてはなるまい。川上氏と澄雄はともに長崎高商から九大法文学部経済科に入学しているが、九大生活半ば頃から急に親交を深めている。その辺の事情を、川上氏は「杉」が創刊されてから間もない昭和四十七年二月号に、「森澄雄さんのこと」の一文を寄せている。

森と急に仲良しになったのは、私が寂しがり屋ということもあったが、森の人間的温かさと云うことが最大の因であったと思う。志賀直哉・滝井孝作・梶井基次郎・尾崎一雄等の小説、小林秀雄・ヴァレリイ等の評論、それ等に対する好みの一致ということもあった。そして特に森は滝井孝作に心酔したようである。

と、澄雄との出遭いを描いている。その澄雄が当時書いた短編小説の主人公の名前が、滝井の小説『無限抱擁』の主人公と同じだったことや、川上氏に批判されたことで、澄雄が「やっぱりダチかんなァ」と答えたその「ダチかん」が、滝井の老父ものに出てくる飛驒高山の方言で「駄目」という意味だったこと――など滝井孝作への心酔ぶりを紹介している。

師・楸邨のこと、友人・川上一雄氏のことなどと併せ読むと、「牡蠣舟」の一句は鼻がツンとして離れ難いのである。

松風や俎に置く落霜紅《うめもどき》

昭和二十二年の作。

昭和二十二年に復員した森澄雄は、マラリアの養生のかたわら長崎県庁外務課に就職、もっぱら進駐軍との通訳・折衝に当たったが、心労が激しく、これを見かねた富永寒四郎（始郎）氏の勧めで、佐賀県立鳥栖《とす》高等女学校の英語教師となった。昭和二十二年五月のことである。

昭和六十一年十一月二十七日に亡くなるまで澄雄と最も親交のあった富永氏が、「杉」の同五十二年十月号に寄せた「戦後の澄雄」によると、最初に会った印象は「森は茶色の陸軍将校服、襟と肩章を剝ぎ取った丸腰姿が印象的だった。やはりマラリアの余後で健康的ではなかった」らしい。その富永氏の手引きで鳥栖高女に奉職した澄雄は、軍服を仕立て直した洋服姿で生徒の前に現れたため、「戦争浮浪犬」なる、ありがたくない綽名を奉られている。

同校は戦前にオリンピックの陸上短距離選手を出すほど体育の盛んな学校で、校庭いっぱいに繰り広げられる女学生の肢体は、地獄の戦場から戻って間のない澄雄には、まばゆかったに違いない。〈新教師若葉楓に羞らふや〉は、新任教師の第一印象である。

その鳥栖高女の同僚に体育担当の内田アキ子がいた。内田アキ子は、東京女子体操音楽学校出で、現在の国体に相当する神宮競技の弓道で全国優勝する腕前だった。その内田アキ子への思いを仮託して掲出の「落霜紅」の句ができたと、いつかどこかで澄雄自身から聞いた覚えがあるが、私の覚え違いだったのかも知れない。とにかく資料は、私の周辺どこを探しても出てこない。いつもそうするように、澄雄の〝資料部長〟藤村克明氏に聞いても、「二十二年の秋は、二人で背振山に登ったという資料しかないですよ」という答えだった。思案余って澄雄に電話したところ、私とこんな会話になった。

――「落霜紅」の句は、アキ子夫人との結婚に際しての先生の思いだと記憶していたのですが、間違いだったのでしょうか。

澄雄「鳥栖高女に奉職して間もなく、近くの麓村の鳥栖高女に勤める人の農家に下宿してね、その庭に落霜紅の木があったのよ」

――二十二年の十月にお二人で背振山（佐賀、福岡県境の山）に登られていますね。

澄雄「ぼくは足が強かったから、それに女房が惚れよったのよ」

――「落霜紅」の「紅」に、アキ子夫人に対する思いが読み取れるんですけど……。

澄雄「心の中に、ほのかな思いがあったのは確かよ。『落霜紅』が、『梅擬』では、その思いが出んもんね」

二十三年三月、二人は鳥栖で結婚式を挙げた。先の富永氏の言によれば、富永氏から借りたモーニングに作業用の軍手姿の挙式だった。

塩絶つて鶏頭に血を奪はるる

昭和二十三年の作。

森澄雄自身の言を借りれば、結婚後駈け落ち同然に上京した澄雄は、都立第十高女（現・豊島高校）の社会科の教師として赴任した。住宅難の時代だったから、学校の作法室を襖と戸棚で仕切って、何人かと一緒に住んだ。先住者は詩人の那珂太郎氏だったし、遅れて新任の伊賀上正俊氏も同居した。その伊賀上氏は、かつて「杉」（47・4）に、作法室の様子をこんな風に書いてくれている。

その頃、那珂太郎はすでに先住者として棲息していたのだが、西武線江古田に程近い、旧制女学校の作法室に森さんと同じように、新任の僕も住まうことになった。那珂太郎と戸棚一つを、森さんとは襖一枚を隔てての合部屋である。校庭の八重桜の花びらが舞い込んできたりしていた。（中略）僕達の作法室を、人呼んで「河童庵」と称していた。天井が高くて、薄暗く、戦争中畳をあげたままになって床板まるだしの、だだっ広いこの部屋の入口には、目隠し用の衝立を立て、それに那珂太郎の戯筆になる河童の図と、「ここを入れば悲しみの門」という讃が施されていたからである。

第十高女の作法室の生活は、こんな塩梅であった。九州からの移動証明も届かず、学校にも正式採用にならないばかりか、配給も受けられない生活が三月も続いた。こんな中でアキ子夫人は腎盂炎を病み、澄雄も五月に腎臓病で倒れた。アキ子夫人には、靴を売り、花嫁衣装まで売らなければならない東京での生活が続いた。

先の伊賀上氏の筆は、作法室の澄雄の様子を更に克明に写し取っている。

病芭蕉（注＝澄雄のこと）はといえば、顔も足も青く浮腫んで、「ほれ見てみんば」といって指で抑えて見せる。凹んだままなかなか元へもどらない。そんな塩梅であった。チャップリンのような歩きで、長い廊下の端から、よたよた戻ってくると、ビーカーに取った液体に試薬をたらす。「どう？」「あかんばい」そんな日が続いていた。

聖母病院に入院した時には、ひょっとするとと思った。（『杉』同）

腎臓病に塩は禁物。その塩を絶たれて気力も体力も日に日に衰えていく。学校の校庭にも垣間見られる鮮やかな鶏頭を見ていると、その鶏頭に全身の血を奪われているようだ、の句意だが、もう一つ、清瀬で療養中の石田波郷の直面している〝死〟を、自らの死に重ね合わせながら、この一句を見ていくと、この句はもっと重い物を負っていることが分かる。

ただ、新任の伊賀上氏が、先の文章の続きとして、小林秀雄もボードレールもマラルメも、ヴァレリー、カロッサも、またニーチェもドストエフスキーも、またモーツァルトも、モジリアニも、すべてこの庵で習った、と書いたように、この河童庵は、澄雄の病状の悪化とは逆に、戦後の日本の健全な精神のやりとりが行われたサロンでもあった。

冬雁や家なしのまづ一子得て

昭和二十四年の作。

都立第十高女（現豊島高校）の作法室での生活の様子は、前回の稿で詳しく触れたが、澄雄の腎の病は芳しくなかった。前年の夏休みに九州・三奈木（現在の福岡県甘木市）で療養を続けたが、帰京後の十月、聖母病院に入院している。師の楸邨も六月から絶対安静の日が続いていた。そんな楸邨師から頼りが届いたのだろう、「師もまた病む」の前書きの付いた〈冬の笹病楸邨の便りとどく〉の一句もある。

聖母病院は一か月余で退院したものの、教壇に立てる状態ではなく病臥の日々が続く。そんな中、澄雄の看病と、花嫁衣装まで売り尽くして家計を担っていたアキ子夫人のお腹も目立ち始めていた。そんな中〈山茶花の霜や産月に辿りつく〉〈うすら雪妊妻はすぐ寝落つ〉と詠む。八方塞がりの澄雄の周囲の中で、快活に振るまうアキ子夫人の存在が、唯一の救いだった。

年が明けて昭和二十四年。しかし、澄雄の病状は最悪の状態が続いていた。その中でアキ子夫人の出産が迫っていた。「妻出産のため単独入院　わが病状最悪の時なり」の前書きを付した、

霜夜待つ丹田に吾子生るるを

の一句がある。前書きに〝単独入院〟とあるのは、アキ子夫人が、出産のための用意を全て整え、自らリヤカーを引いて江古田の阿部産婦人科に入院したそのことだった。澄雄にとっても無念だったに違いない。

一月二十九日、長男の潮《うしお》君が誕生した。退院もまた、アキ子夫人自身がリヤカーに布団を積み、その上に、生まれたばかりの潮君を乗せて帰ってきた。「潮」は、病癒えた師・楸邨の命名だった。幸に縁遠かった森家にやっと安堵の日がやってきた。「家なしのまづ一子得て」に万感が込もる。と同時に、「家なしの」のところに、自虐とはまた違う、澄雄文学の要諦でもある含羞がほのかに見えてうなずけるのである。

この年の九月、澄雄は腎の病が完治しないまま教壇に立った。当時の「寒雷」の編集を担当していた青池秀二氏の紹介で、武蔵野の一角に一軒家を借りて住まうことになる。練馬区北大泉一三五九。同じ大泉でも、現在の大泉学園の住まいとは違う。〈秋夕映えの真顔ばかりが揺られをり〉は、この北大泉から豊島高校へ通う西武線車中の印象だ。新しい住まいは、櫟林に囲まれた九百坪の敷地の中にあり、一番近い隣家までは百メートルもあった。頼んだ牛乳の配達は一か月で断られたが、板敷きの六畳一間の新生活は新鮮だった。

〈歩けてさそふ大根の花の蝶を見に〉のモデルは長男の潮君。この地が、『雪櫟』後半の哀しくも温かな〝妻子吻合〟の主舞台、大泉なのである。

家に時計なければ雪はとめどなし

昭和二十六年の作。

この句の生まれる前年の昭和二十五年三月、ようやく病の癒えた師・楸邨に誘われて上州への旅をしている。楸邨とは初めての旅だった。当初は栃木県の足利から前橋を回る積もりだったが、上越の雪山を見たことのない澄雄のため、谷川岳を見て帰っている。この旅の様子は、澄雄の筆で残されているが、ここでは省略する。

この年はまた、「寒雷」の同人でもある「暖響作家」に、在九州時代からの友人、富永寒四郎（始郎）氏とともに推されているし、石田波郷氏が四年前に創刊した総合誌「現代俳句」にも、「干乾びた作家精神」の一文を寄せている。また、二十六年からは、青池秀二氏を助けて「寒雷」の編集にも参画している。ついでながら書き添えると、澄雄の「寒雷」の編集は、この時から二十年の長きにわたることになる。

掲出の〈家に時計——〉の一句には、川崎展宏氏の名文があるので紹介してみる。

家にあるべき時計がないのである。それで雪は、澄雄の心の中にとめどなく降ってくるのである。昭和二十五年作。「家」とは、具体的には、練馬区北大泉の家である。（中略）時計が提示され、消されて、時計は読者の心に残像をとどめ、その非現実の時計との微妙な照応によって、雪の世界を益々深め、拡げてゆくのである。

（桜楓社『現代俳人』）

後に〝時間の書〟とも言われる第二句集『花眼』の世界へと傾斜していく。ありがたいことに、この一句には、普段あまり自句自解を書かない澄雄の自注もあるので、併せて引用してみる。

家に時計がないことは、おそらく極貧の生活の象徴でもあろう。だが、時計がないことによって、時間は音もなく、茫々とのびる。ふり出した雪は、小さな家族をつつんで、白くとめどなく、茫々とふりつづく。（中略）この頃の貧しい懸命な生活は、顧みて自ら何かメルヘンを読むような非現実的ななつかしさがある。

（角川書店「森澄雄読本」）

澄雄の時間感覚は、この前後より濃密になり、『雪櫟』後半を覆い始める。

曼 珠 沙 華 見 し 思 ひ 出 も 戦 後 に な し

点燈す手の高さより雪降りをり

炭火落せし後頭を年過ぎゆきぬ

妊りて堆《うづたか》く寝て雪降り積む

夜明けつつなほ雪嶺は夜の方

波郷に「葛咲くや嬬恋村の字いくつ」の句あれば

残雪の嬬恋村を眠り過ぐ

麦刈りて百姓の墓またうかぶ

麦秋のセルを着ざりし戦後ながし

七月や子を抱きてはや黍なびく

菓子喰うて眠たうなりぬ雪の越後

信濃川

蘆枯れて水流は真中急ぎをり

峡の冬川昼は流れて夜は激ちぬ

やや多くを抽いたが、これらの句から見える時間には、ある懐かしさとともに、人間の気息に合わせた豊かな経過がある。そして、時間の指し示し方に、現在の澄雄に通ずる「愛の普遍」を感じる。

笹飴やいとけなかりし雪女郎

昭和二十七年の作。

作品には「内野療養所　矢部栄子」の前書きがある。新しい「杉」の会員のためにも、この矢部栄子について少し触れなくてはなるまい。矢部は、昭和二十年の終戦の年（女学校三年）集団検診で胸部疾患を発見され、そのまま新潟市の内野療養所に入所し、昭和二十九年九月、喀血窒息死で二十五歳の生涯を終えた女性。末期に近い頃の一句〈青桃や今欲しきもの今告げたし〉でサンケイ俳壇賞を受けている。

彼女が「寒雷」の会員だった関係で澄雄は、この矢部栄子を二度内野療養所に見舞っている。最初は師・楸邨夫婦と昭和二十七年に、二度目は、翌二十八年に秋池秀二氏らと訪ねている。いずれも冬だった。掲出の〈笹飴や――〉の一句は、最初に見舞った折にこしらえられている。

この矢部栄子との出会いと死について澄雄は感動的な文章を残している。「俳句研究」の昭和三十年十月号に書いた「末期の眼」がそれだが、後に永田書房から出た『森澄雄俳論集』にも収められているので読んだ方も多いと思うが、その中から、〈笹飴や——〉の一句に触れた部分を抽いてみる。

矢部さんを二度お見舞して、その都度矢部さんを対象にして私は一句ずつ句をよんだ。

笹飴やいとけなかりし雪女郎
冬怒濤音に蒿雀《あをじ》を飼ひて病む

一つは一昨年（筆者注、昭和二十七年）の冬、一つは昨年（同、昭和二十八年）の冬。初めてお見舞したとき、矢部さんは多分お下げ姿で、ほとんど童女のようないとけなさで、そのやせこけた白い皮膚の色が私の眼底にのこってやりきれなかった。その印象がほとんど即座に「笹飴や」の句になったのだが、私には詠んではいけないものを詠んでしまった様な後悔がのこった。やがて消える雪女郎の様にはかなかったのである。（中略）作家のうちに宿る不思議な虚実だといっていい。だが、雪女郎の句が何かを予言し、その予言がいま適中した様で、矢部さんにも無残な思いをさせたのではないかと胸を噛む。

これは、「末期の眼」に自らが引用した矢部の死後「寒雷」に書いた追悼文で、見舞った時の印象から死を予感したことを、澄雄は悔いてはいるが、実は、澄雄が矢部栄子に見たものは、世俗的な、そんな生易しいことではなく、時には他人だけでなく、自分さえも不幸のどん底に突き落とすかもしれない詩人の〝まこと〟が見えたのかも知れない。

続けて澄雄は言う。「この一句（筆者注、〈青桃や――〉の句）から、矢部栄子の青桃の様な幼い無垢の魂が、もうすべての願いが空しくなったのを知りながら、なお虚空に訴える、肉体を離れて剝き出しになった魂を感じる」「『青桃や』の一句に、作者の当人より、或いはこの作品の方が遙かに早く作者の死を物語ってはいなかったか」。

澄雄の〈笹飴や――〉の句と、矢部栄子の〈青桃や――〉の句は、そんな連関の中で、死のもつ〝実在〟を指し示す。

除夜の妻白鳥のごと湯浴みをり

昭和二十八年の作。

かねてから私達には森家とかアキ子夫人とは決して言わずに「白鳥亭」とか「白鳥夫人」と言うならわしがあった。その語源が掲出の一句である。この句には、澄雄自身の自注があるから、かいつまんで、その辺を紹介してみる。

「寒雷」の桜井撝泉氏や松本旭氏の関係だと思うが、当時から埼玉大学で句会が行われていた。「埼大句会」と呼ばれるその句会は、楸邨師も時々出るレベルの高い句会だった。澄雄も通っていたが、撝泉氏が幹事で、野間郁史、塚本忠、松本旭の各氏など二十人くらいが常連だった。この二十八年の忘年句会には楸邨師も顔を見せ、句会のあと撝泉氏の官舎で行われた小宴の席で、〈除夜の妻――〉の句は生まれている。

ロの字型に囲んだ机の真中に大きな全紙が置かれ、それぞれが出ていって句を書くことになった。ぼくの番になって、

「では、少し色気のある奴を書こうかな」

そんな冗談をいって立ち上ったが、にぎやかな談笑の中、句があったわけではない。ままよと筆をとったとたんこの句が浮かんで書きつけた。いってみれば冗談から駒の句である。俳句は座の文学というが、そんな座のにぎわいがなかったら生まれなかった句だろう。その時、この句がいい句かどうか、またその後これがぼくの代表句になるとは夢にも思わなかった。

「どうです、色気があるでしょう」

そんなことを言って、笑いながら座に帰った。証拠物件はいまも掬泉氏所蔵の由である。——法・寄せ書きのコピーはこの本の巻末に掲載——（角川書店「森澄雄読本」）

『雪櫟』の、と言うより澄雄の代表句だから、いろんな鑑賞の試みが見られるが、大方は的を外れていない。そんな中で、澄雄を知る二人の鑑賞を見て頂きたい。一人は

川崎展宏氏。「一句の比喩が生きているのは、除夜の妻だからである。こまめでない夫は、大晦日など何となく手持無沙汰だが、妻は夜中まで忙しい。三ケ日の用意も終っての風呂である。湯を使う音だけが作者に聞えてくる。妻への感謝といたわりの気持が奥にあって、一句となったのである」（桜楓社『現代俳人』）。

次に、岡井省二氏。「一句は水際立って清らかである。貧しさの中に輝いて、あふれるような豊かさがある。作品は、生きる現実を凌駕している」

（牡羊社『鑑賞秀句100句選・森澄雄』）

どちらも視点として正しい。しかし、どちらの鑑賞にも不満なのは、埼大句会の小宴の折に出来たこの一句の出自に触れていない点だろうか。談笑の中の戯れ事の中で生まれた澄雄の素顔から〝はにかみ〟を読みとらないと、この一句からエロティシズムは半減することにならないだろうか。

この年で『雪櫟』は終わっているが、この『雪櫟』の出版記念会の様子を、櫻井博道氏がユーモアたっぷりに紹介している文章がある。

会の最後に、すっくと立った森澄雄は、白鳥夫人と幼児三人を一列に並べ置いて、蓬髪の眼をぎょろりとさせ、おもむろにお礼の挨拶をした。

「今日は『雪櫟』の楽屋裏すべてをここに持ってまいりました。ただ一つ残念ながら家に置いて来たものがあります。七輪です。針金で縛って使っているものですから」

会場にどっと笑いが起きた。泡のようにそれがひろがった。それまできびしかった澄雄の眼が、茶目っ気に、ほっと潤んだ。あたたかいものが会場に流れた。この時、私ははじめて無垢の人間森澄雄に触れることが出来たように思っている。


（角川書店「森澄雄読本」）

第二章

花眼

（かがん）

水あふれゐて啓蟄の最上川

昭和二十九年の作。角川版の『森澄雄読本』には、「楸邨・知世子・(青池)秀二の三氏と秋田・男鹿をめぐって酒田に出た。雪代を入れてあふれそうな最上川。『最上川と海の平《たひら》に春残照』――これは日和山から最上川河口を見下ろした景観」と、わずか四行で書かれているだけなので、これ以上、一句の成り立ちに触れる手立てはない。

ただ、座五に川を置いたこの種の作り方の作品は澄雄には多く例をみることが出来る。

梅干してきらきらきらと千曲川　昭和35年

雪嶺を低め低めて信濃川　昭和41年

さくら咲きあふれて海へ雄物川　昭和43年

稲刈の海に出るまで雄物川　昭和46年

田が刈られしづかなる帯信濃川　昭和46年

秋蟬や平《たひら》に終る最上川　平成3年

などの作品が認められる。川もそれぞれ千曲、雄物、信濃、最上川と大きいが、それら大河が周囲の自然、風物、生活と対比されながら滔々と流れる雄大な景をこしらえているところが見事だし、この大河が太平洋ではなく日本海に注ぐことも、一句にある種の情感を添える。

と、ここまで書いてきたことに間違いはないのだが、これら六句と、掲出の

水あふれゐて啓蟄の最上川

とが、どこか違うことに私は少しこだわってきた。気息の大きい一句として一括りにするには少々迷いがあった。その違いを、誤解を恐れずに書くとすれば、〈啓蟄〉の一句の根底には、雪深いこの地で病後と老いの身を養った斎藤茂吉の存在が色濃く投影されていると思えてならないのである。

そのことを強く印象づける澄雄の文章が、私の前に二つある。

一つは、雑誌「短歌」の昭和三十一年八月号に書かれた「短歌と俳句との間」で、後に『森澄雄俳論集』にも収録されている。編集者の企図した短歌の「戦後新鋭百人集」

の読後感をほとんど一蹴して、茂吉の歌集『白き山』から、例えば

最上川の鯉もねむらむ冬さむき眞夜中にしてものおもひけり

最上川の流れのうへに浮びゆけ行方なきわがこゝろの貧困

などを挙げながら、澄雄はこんな風に呟くのである。

茂吉の作品があくまで個の咏嘆でありながら、それを遙かに超えて強く僕らの胸をうつのは、この老境の孤独な歌人の強い生命的な痛嘆であるとともに、自己の現実と詠嘆の内実に向かう作家としてのきびしく覚めた戦いの意識があるからだ。

もう一つも「短歌」の昭和三十九年四月号に書いた「花眼独断」で、ここでも茂吉の「最上川」の歌を取り上げて、「雪深い大石田での日常、病後の衰えと衰老の身をかかえながら、ひとり深夜のものおもいに浮ぶ最上川のうすうすと薄墨色の鯉は、茂吉自らの孤独の影を負った幻ではないか」と書く(『森澄雄俳論集』所収)。一句をどう読もうと自由だが、〝澄雄の中の茂吉〟を重ねることで、「水あふれゐて」も「啓蟄」

もまた、「人の生」を大きく抱えこむことになる。

磧にて白桃むけば水過ぎゆく

昭和三十年の作。この年の三月、澄雄一家は現在の住居に引き移っている。今は家が建て込んでその面影はないが、かつては家の前に農家の大きな欅の木が二本あって、澄雄の書く文章の枕としてよく登場していた。

八月の夏休みには、「寒雷」の友人、銀林晴生氏に誘われて金沢、能登に遊んでいる。その帰り、銀林氏と別れ、糸魚川から信濃大町へ抜けるため、姫川上流を一人で歩いた。その時の作品が〈白桃〉の一句。「姫川の上流は天井川の容相を呈して、橋桁を埋め、道より高く、白っぽい丸い大きな石がごろごろ積み重なった広い盛夏の石磧、高原の乾燥した清澄な空気の中で、その白っぽい光を放つ磧石の堆積は一種の白熱の荒涼といった風景であった。その中を一筋清冽な姫川の水が流れる。みずみずしく充実した白桃の、生毛の生えた柔かい薄皮をむきながら、一瞬、不安な旅情をひきしめて、何か涼しい光の矢といったものが僕の胸を通り過ぎた」と自解にも書く。しかし、それが何であったかは自分にも説明しがたい、とも書き加える。

自解を読んでも分かるように、この一句の句意は明瞭すぎるくらい明瞭なのだが、それ故に一句の深淵の部分に周囲は一層関心を抱く。当時いろんな評言がこの一句に寄せられた。そんな中で、川崎展宏氏が「寒雷」の昭和四十二年九月号に書いた次の文章が、この一句の存在を一番見事に言い当てていると、私は思う。

……時間は溢れ出るごとく、光る水となって流れて行く。時間が見えるとは、生まれて生きて死ぬ人生の必然がよく見えるということだ。彼は、やはり、「無常」を文学の生命《いのち》とした者達の伝統につながる詩人なのである。だが、彼ほど時間を見えるものとした詩人はあまりいなかったようだ。

澄雄の〝時間論〟に触れるとき、必ずといっていいほど引用される一節である。赤城さかえ氏なども『現代俳句講座Ⅲ』（河出書房）の中で、『雪櫟』の〈芦枯れて水流は真中急ぎをり〉の流転観と「ジョイスの『意識の流れ』」あたりからの文学的影響とが、一句の中で交叉しているような面白さのある一句、と評するが、どちらの文章も知的でおもしろいけれど、澄雄が真夏の姫川の水流に見た、ある重い経験は超えていないように思えて仕方がなかった。

ただ私は、澄雄が昭和三十四年の六月号の「俳句」に書いた「抒情と造型」（『森澄雄俳論集』にも収録）の、次の短い二つの文章を、〈白桃〉の一句と共に心に蔵い込んでいる。「当時僕は（略）俳句らしい俳句、俳句らしいひねりなど一切拒否した素《もと》の人間の感動、若しそれが純粋抒情と名付けられるとすれば、そいつを自らの作品に実現してみたいという可成激しい欲望をもっていた」「この作品（〈白桃〉の句）が作者の詩精神としての一種の抽象的世界を負っているということだ」。

これらの言葉からは、『花眼』という句集、〈白桃〉の句という思いを離れて、森澄雄のトータルな人間像を垣間見ることができる。その意味で、〈白桃〉の一句は私にも重い意味を持つのである。

夕焼どきの熱き湯にをりカロッサ死す

昭和三十一年作。澄雄には、昭和十七年十月一日の応召から、同十九年七月ボルネオの野戦に向かう直前までの妹に宛てた葉書が十六葉ある。その中の二葉にこんな文言がしたためてある。十七年十一月八日に久留米西部第五十一部隊坂口隊から投函したものには「……雅彦は『ドクトルビュルゲル（の運命）』『医師ギオン』に於けるカロッサの様な医師になる様に」とある。雅彦とは、長崎医大付属医専に学び、油絵を描いている弟のこと。もう一葉は、十九年六月×日、久留米西部五十一部隊中村隊からの発信で、「『蛇の口から光を奪へ』――激しいものの中にしか活路はないといふ、あるつきつめた気持になつてゐる」とあった。「蛇の口から光を奪へ」は、カロッサが第一次大戦に従軍した記録『ルーマニア日記』の序詞として記した言葉。この葉書を最後に澄雄は、ボルネオに発っている。

戦後になって澄雄は言う。

若き日といえば、幼いと嗤われるかも知れないが、ドストエフスキーやトルストイなどの大作家のものより、『ドクトル・ビュルゲルの運命』や『ルーマニア日記』を書いたカロッサや『ペーター・カーメンチント』(青春彷徨)や『クルヌプ』(漂泊の魂)を書いたヘッセの、いわば清純なイッヒロマンを愛読した。そしてそれらの作家ももういない。(「俳句」昭和三十八年七・八月号、『森澄雄俳論集』に「病中花眼妄想」として収録)

その日澄雄は、早い夕風呂をつかっていた。まだ外は暮れきっていなかった。突然、夕刊を見ていたアキ子夫人が、「あッ、カロッサが亡くなった」と叫んだ。「あッ」と「カロッサ」の間に、アキ子夫人が澄雄を呼ぶ時のならわしの「チチ」の呼びかけがあったかも知れない。澄雄は、思わず湯殿の硝子戸をひらくと、武蔵野の欅の空は夕焼けで真っ赤だった。澄雄の書いたいろんな文章をつなぎ合わせると、この日は、こんな様子だったらしい。

六年後の昭和三十七年にはヘッセも亡くなっているが、この時も

立秋の欅高枝にヘッセ死す

を残し、「カロッサにつづくヘッセの死は、ああ自分の青春もこれで終わったかという感慨をもたらした」(「病中花眼妄想」)と述懐している。

〝青春の終わり〟について澄雄は更に「病中花眼妄想」の中で触れている。この文章を書いた昭和三十八年の五月十二日、澄雄は川崎展宏氏の結婚式出席のため米沢に出かけているが、その回想としてこんなことを呟く。

僕はこれらの若い友人との文学的交友や青春無頼の旅によって、戦争で失った自らの青春の残火をひそかにかき立てていた具合であったが、川崎君の結婚の祝賀に列して、川崎君の青春に一つの段落がついたように、僕の青春も最後の段落がついたような感慨であった。

狐ききをり自然薯掘のひとり言

昭和三十四年の作。澄雄にはフィクションの作品が何句かあるが、これもその一つ。かつての「寒雷」の会員に、九州の背振《せふり》山山麓で過ごした無津呂氏なる青年がいた。澄雄の家の近くに住み、職業も澄雄と同じ教員だった。ところでこの無津呂氏は自然薯掘りの名人で、この日は、近在の大泉東映撮影所の近くで掘った一メートル程もある見事な自然薯を四、五本、きれいなカヤの葉で包んで持参した。現在、東映撮影所には自然薯の採れる山もないに違いないが、どこか三十数年前の練馬辺りの風景を彷彿とさせる。澄雄は「こうした天然の自然薯を目の前にするのははじめてだし、あとで自然薯は折れない様にカヤの葉で包むものだということを歳時記(平凡社版)で知った」と正直に書く。

持ち込まれた自然薯は、早速短冊に切って置酒歓談となったわけだが、背振山と言えば、復員後赴任した鳥栖高女に在職中、体育担当だったアキ子夫人を誘って登った山だけに、話は弾んだに違いない。しかし、澄雄にとっておもしろかったのは、無津呂青年の話しぶりだった。澄雄の筆に少し耳を傾けてみる。

M君（無津呂氏）の故郷は九州の佐賀県それも福岡県との県境にある背振連峯の一つの雷山（九五五米）の山奥で、鉄道にでるのにまる一日かかるという。そこで少年時代から掘ったので自然薯がどのあたりにあるか、すぐ勘で分るし、掘るのも自分で名人だという。僕は僕で、大泉近在でこれだけのものを掘り出すのだから、これは名人にちがいないと信じた。

自然薯掘りはいよいよになると折らない様に指で掘り進むのだが、途中岩などあってあらぬ方へ伸びていたりすると、つい、「この親不孝め」などと、自然とひとり言が出るそうだ。九州ではM君の言葉を借りると、「自然薯掘りは狐もダマされん」（狐もダマしきれぬ）と言うことになる。

ここまでは「森澄雄読本」の自句自解と、昭和三十四年十二月号の「馬酔木」に書き、後に『森澄雄俳論集』に収録された「旅と芭蕉と」の文章からまとめたものだが、当然のことながら、無津呂氏の話の後半の「自然薯掘りは狐もダマされん」辺りから

狐ききをり自然薯掘のひとり言

は出来ている。もちろんこの話のくだりで澄雄は芭蕉の一句

この山の悲しさ告げよ野老掘

を心の隅に置いている。しかし、私にとっても芭蕉の句との関わりとして極めておもしろいのは、澄雄はそこで〈この山のさびしさ告げよ野老掘〉と誤って記憶していた芭蕉の句に深く感動していることである。芭蕉句集を調べることでその誤りにはすぐに気付くのだが、澄雄は潁原退蔵が『芭蕉俳句新講』の中で言う解釈「汝はこの山寺の盛衰のさまを知って居るだろう。その悲しい転変を語ってくれよと呼びかけたのである。……」を、一句の鑑賞としては正しいかも知れないが、「端的な芭蕉の悲しみのいわば表現上の修辞ではないか」として否定する。無津呂青年の話を聞きながら「さびしさ」と芭蕉句を誤解したことへの糊塗ではなく、俳句作りの〝まこと〟が掬われたことで、私には〈狐ききをり〉の一句がおもしろいのである。

明るくてまだ冷たくて流し雛

昭和三十六年の作。

澄雄の作品の中には、フィクションでこしらえられた作品も随分まじっている。この作品も、そういう言い方ができるかどうか分からないが、「木下恵介の同題のテレビ映画からの発想。実景はまだ見たことがない」と澄雄も自解で断っている。

俳句作りなら誰でも覚えがあるように、句会で他人の発想を自らの作品のヒントに貰うことは多い。殊に、澄雄が好んで行う和綴じ帳回しの句会は、前者の書いた句や、そこで交わされる会話をヒントに、自らの想が展開することが多い。その点に限って言えば、連句の呼吸にも似ている。

余談になるが、そんな現場に私も何度か立ち会っている。正確な記憶はないが、一昨年の秋、現在の「杉」編集長の勤める学校の箱根の寮で、澄雄を迎えて若手の句会が持たれた。台風の余波で風雨の強い一日だった。その前後の日が一遍忌だったので、誰かがまず一遍忌の句を和綴じ帳にしたためた。時宗の本山遊行寺は私の住む藤沢だから、一遍忌に毎年遊行寺で行われる薄念仏の模様を説明しながら、僧たちが唱和する念仏「ナームアーミダーアーア」を、私が実演してみせた。それを聞いていた澄雄

は即座に筆を執って

念佛のゆるくゆたかや一遍忌

と書きつけた。有り難いことに、後日、森家を訪れた私は、扇面に書いたこの一句を頂く余得にあずかった。

話は逸れたが、句集『花眼』が出たあとの人気は流し雛の句が一番で、当時は気軽に書いてくれた色紙に、この一句をねだる人が多かった。

この一句から、平畑静塔氏は、「金沢か米沢か、黒髪の長い武家女房が今でもひっそりと住んでいそうな裏日本の城下町」での雛流しを想像しながら、「ふんわりと和紙の中に包んだ干菓子を思わすような、この作者の俳句の特質は、この句の中にもある。まわりからゆっくり描いてゆく、この人の俳句作法は、旅中遊草に一番効果を出すようである」（春秋社『戦後秀句』）と書く。

これも自句自解の受け売りだが、流し雛をまだ見たことがないと書いた「朝日文芸」の澄雄の文章を見た鳥取の一婦人が、桟俵にのせたかわいい流し雛を送ってきた。そして「女の子はあるが、雛壇を買ってやる余裕もなかったので、いまも雛の節句にはこの流し雛を飾る」と、自句自解に書き添えている。

この句の出来た昭和三十六年の澄雄は多忙だった。その一つが師・楸邨の病気だった。七月には二度も手術、十一月の記念すべき「寒雷」二百号大会にも出られない師に代わって、「寒雷」の選評「寒雷反芻」も澄雄が担当した。

私ごとで恐縮だが、俳句を始めて真っ先に好きになった一句が

明るくてまだ冷たくて流し雛

だったが、割りと早くこの一句が私の心を離れていった。いまもって、その理由は定かでない。

父の死顔そこを冬日の白レグホン

昭和三十八年の作。

俳句作りの技術についても、澄雄という作家は現代俳人の中でも随一だと思う。技術とか芸といった、いわば俳句作りの〝従〟の部分を重くみてこなかった「寒雷」

の中で、その意味では、澄雄の技術は完璧に近いと、私はつねづね思っている。しかし、この句は、「そこ」という指示代名詞を置いて、どこか散文仕立てになっていて、他の句のような流れるリズムとはなっていない。

そんな中で、私がこの一句に特に関心を示すのは、単に父の死に直面した澄雄の心を思い測るだけでなく、父と母と、そして澄雄兄弟をも含めた一家の宗教を巡る葛藤があったこと、そして〝父〟という存在によって保たれてきた〝死〟という命題が、澄雄にある種の現実をもたらしたこと――などを、澄雄の周囲にいながら、私自身が感じとっていたからなのかも知れない。

この一句についても澄雄の自句自解があるので、引用してみる。

昭和三十八年十月二十三日父永眠。享年七十三歳。死因は潰瘍性大腸炎。長崎医大に入院、注射と点滴のみによる三か月の凄惨な死への闘病であった。父は真宗の母との結婚によって長くカソリックから離れていたが、病中、父ののぞみにより、神父の立会いであらためて宗教的結婚式をあげ、幼時の信仰に帰った。

父の死後、一、二か月は、痩せ衰えた父の死顔が時をかまわずふっとやってきては僕を悲しませた。目をやると冬日の中を真白なレグホンが歩き、それと重なって父の死顔が歩いた。

と、角川版の「森澄雄読本」にはある。ここには触れていないが、父を幼時の信仰に帰する手続きとしては、澄雄がローマ法王に手紙を書き、「夫の信仰を妨げないこと、今後生まれる子供はカソリックの洗礼をうけさせること」の二か条の誓約書を入れて特別に許可されている。

この宗教の問題は、後日私が「杉」の誌上で行ったインタビューで、かつての家庭内の宗教上の葛藤の例を二件紹介してくれている。一つは、澄雄が中学生の頃、父の前に座らせられて、「お前のおふくろと別れてクリスチャンに帰ろうと思うが、どうか」と問われ、事実、両親が一時別居していたこと。もう一つは、誕生直後に亡くなった澄雄の妹の葬儀の折、両親の親が互いに神父と坊さんを呼んで来て両者が鉢合わせをしたこと――などで、澄雄は家庭内の宗教の対立で悩んだ時期があった。

さて、先にも触れた「そこ」だが、飯田龍太氏の明解な解釈がある。

「そこを」は、目の前のそこを、の意と、父の死顔を思い浮べているおもいの「そこを」の二義を併せ含んで、こころの虚を鮮烈に衝いた言葉である。(「俳句」昭51・7、「森澄雄の秀句」)

雪嶺のひとたび暮れて顕はるる

昭和四十一年の作。
「出羽小旅」と題して発表した

雪山のあきらかにして自愛見ゆ
雪国や机上白面時計刻む
門の前雪橇を置き寒河江《さがえ》姓
雪国や逢魔ケ刻の蒼みけり
雪国や鈴ふるごとく雪ふりつむ
雪に墓茂吉の生もすでに過ぎ

など、七句の中の一句。

この作品の発表は四十一年の作となっているが、実際は前年の四十年に、当時の「寒雷」の仲間で、現在の「麓」主宰の齊藤美規氏の指導で、「寒雷」の若手と八方尾根に出かけ、スキーを楽しんだ折の一句。ちなみに齊藤氏は糸魚川の高校でスキーを教え、幾多の距離スキーの選手を育てた人として有名。南国育ちの澄雄は、恐らくこの時スキーを初めて履いたに違いない。この日の悲惨ぶりは、何人かが文章で紹介している。

八方尾根でスキーを楽しんだ一行は、その夜は、信濃四谷の民宿に泊まっている。「昼間見た雪嶺は一日夕闇の中に消え、やがて再び星をちりばめた夜の大空に、輝くような荘厳を加えて顕ち現れた」と、澄雄は自解に書く。

澄雄の代表句だから、いろんな人がいろんなことを書く。その中でも、正確にこの一句を評価しているのが、当時一番近くにいた川崎展宏氏の次の一文である。


「暮れて顕はるる」は、いかにも散文的とみえるが、逆に、そうした表現によって、時間の推移と雪嶺の変貌を捉えた句なのである。雪国の夕方は、晴れていても、山脈の空はすぐに黝《くろ》ずんでくる。山肌もどんより濁っている。「ひとたび暮れて」とは、そうした状態で雪嶺が暮れるのである。晴れた夜空は、寒気が殊更に厳しく、空の黒さは張りつめたようだ。漆黒といった方がよい。その空を背景に、雪嶺は、かあっと、迫るような白さで輝くのである」

（桜楓社『現代俳人』）

と書く。

清崎敏郎氏は「ひとたび暮れて、といわなくても、夜の雪嶺が今現われている、と言っておいて昼の雪嶺が再現したということを表すことは、それほどむずかしいことではありません」（「若葉」昭62・12、「森澄雄小論（Ⅰ）」）と、叙法上の指摘を試みる。

このほかの論の大方は、「ひとたび暮れて」の後を、月や星によって顕われたのだと、もっぱら天文や気象の中で、とらえた鑑賞が目立つ。

しかし私には、それら鑑賞のどれにも不満なのは、夜目の中での雪嶺の見え方に視点が置かれていて、「顕はるる」という自動詞としての強い働きに目をとめないことである。月や星の外光を当てなくとも、雪嶺自らの発光で「顕はるる」ことだけで十分で、そうでないと、昼間見た雪嶺の雄々しさは絶対に見えてこない、という気がする。

雪国に子を生んでこの深まなざし

昭和四十二年の作。

この一句にも、自句自解があるので、それからまず紹介しよう。

四十二年、はじめて長女をあげた川崎展宏夫妻の祝いに米沢に出かけた折の作。見舞った床上の夫人の黒い深いまなざしも美しかったが、降りしきる雪の米沢の夕暮の町を、長靴に雪を踏みしめながら、角巻に赤子を背負った若い女の深いまなざしも美しかった。その美しさに、雪国に生まれたこれからの子供の生と、その女の生が、何か辛《つら》い思いで胸に宿った。(角川版「森澄雄読本」)

この時の米沢行きは「米沢小旅」として、掲出の句とともに

雪が来て畦形のこる雪の国

雪国に齢ふるぶ気も狂はずに

雪国やはつはつはつはつ時計生き

の三句を発表している。

掲出句を思い出すと必ずといってよい程に思い出す澄雄の一文があるので、そのことについて少し付記しておきたい。

この一句について、「万緑」と「俳句研究」に書いた渡辺喜久子氏と飯島晴子氏の文章に対して、澄雄が呟くように書いた一文である。反論ととられると誤解があるので、澄雄の思いについて述べた部分だけを抜粋してみる。

（前略）恋愛も、子を生むことも、厳粛で美しい人間の真実であることにちがいなかろう。だが、はるかに広く客観すれば、また通俗の極であることも間違いなかろう。僕の作品が、毒のない麻薬のように良心まで満足させるというのは、まず光栄の至りであろう。だが文学が良心を満足させるものだとは僕も考えていない。しかし悪心を満足させるものとも考えていない。別種の次元であろう。だが人生に齢を重ねることは、恐らく通俗を深めることだ。それならばその通俗の底にあるものを深く見つめてゆくほかはなかろう。また年齢に通俗を加えることによって人生はいよいよ苦《にが》く、だがその苦《にが》さの窮極で、寛《ひろ》く、やさしさを加えることであろう。やさしくなることによってしか人生の苦《にが》さをつかむことが出来ぬかも知れぬ。（後略）

「俳句」の昭和四十五年十一月号に「山中独語」のタイトルで書かれ、後に『森澄雄俳論集』にも収録された一節だが、ここに述べる澄雄の思いは、今日の思いと毫も変わっていない。

余談になるが、この句で奥さんがモデルとなった川崎展宏氏は、七年間、米沢女子短大に在職中、名著『高浜虚子』（明治書院刊、後に永田書房から再版）を書き上げた。執筆中、故櫻井博道氏らと何度か激励に米沢を訪うた澄雄は、「とにかく、虚子に惚れて書け」と奨めたという。この澄雄の一語が、後に私の文章を書く上にも大きな指針となったことは確かである。

第三章　浮鷗（うきかもめ）

初夢に見し踊子をつつしめり

昭和四十三年の作。

最初から引用になるが、澄雄が当時編集長を務めていた「寒雷」の「白鳥亭日録」（編集後記）に、この一句の鑑賞にふさわしい一文があるので、それから紹介する。

正月の読物として買ってきた『川端康成』の、古美術や骨董に触れた「政子の手紙」や「大雅の仁王図」から、「いいものに出会うと自分の命を拾った思いがある」の川端の言葉に感動したあとに、次のように書く。

その晩、除夜の鐘をきいたあとの寝床の中で、この一書に収められた『伊豆の踊子』を実に二十何年ぶりに読んだ。目はまだ冴えていたが、湯ケ野から下田に下るあとの部分は、正月の朝の目覚めのためにと残しておいた。映画の『伊豆の踊子』も、戦前から幾つか見てきたが、除夜の読書の伊豆の風景の間に、吉永小百合や内藤洋子の可憐な踊子の姿が入れ代り浮んだりした。
妻はまだ傍らに眠っていたが、花眼（老眼のこと）の正月の目覚めを可憐な少女の踊子姿を想い浮べて迎えたのも、ひと知れぬ正月の目覚めのさわやかさとしておきたい。

こう書いた後に〈初夢に〉の一句を置いている。一句の鑑賞にはこれ以上のものは要らないはずなのだが、「杉」の創刊当時は議論好きの仲間が集まっては、この句の「つつしめり」のところを話題にした。しかし、「杉」の先輩格の川崎展宏氏が「俳句研究」の五十一年十月号の「特集・森澄雄」に「森澄雄論——随想風——」として書いた次の文章で、大方の議論好きはおし黙ることになった。

この句のよさは〝はにかみ〟にある。「つつしめり」を辞書で引いても、この句のよさを説きあかすのはむずかしい。『浮鷗』が出た年の「杉」の大会で、私は演壇に立ち、簡単なスピーチをした。私は「初夢」の句をとりあげ、「ま、何といいますか、男の前をひょいとおさえた感じ、とでもいいますか」、みな爆笑した。「本当におさえたんじゃありませんよ、心の中でおさえるんです」。爆笑は、私のいおうとしたことがわかってもらえたから、といまでも思っている。

以後、澄雄は〈踊子〉の一句が話題にのぼるたびに、「展宏は『男の前をひょい』と言いよる……」と、この話を紹介しているところをみると、これが「つつしめり」の正当な解釈なのかも知れない。

ここに私の蛇足を加えるとすれば、「つつしめり」を理詰めに解釈しようとすればするほど、一句の色合いは、〝道的〟なものか、逆に俗なエロスのところに陥ち、展宏氏が「男の前をひょい」と書き、それを澄雄が「展宏が言いよる」と受けとめた、ほの温かい〝エロス〟の部分が消えていくような気がする。

夜櫻や祭見んとて老いにゆく

昭和四十三年の作。

澄雄自身が気に入っている作品でも、人様がなかなか取り上げない作品がある。この作品もその一つで、この句について書かれた鑑賞を見たことがない。

「俳句研究」の発行が富士見書房に移っての第一号は、昭和六十一年一月号で、その雑誌の特集が「森澄雄の世界」だった。その中に「句集研究」の企画が組まれ、『雪櫟』を那珂太郎氏、『花眼』を飯島耕一氏、『浮鷗』を私、『鯉素』を岡井省二氏、『游方』を岡野弘彦氏、『空艪』を鮐山實氏がそれぞれ分担した。

『浮鷗』を担当した私は、誰も取り上げようとしない、この〈夜櫻や〉を取り上げたくて澄雄に取材した。というのは、昭和四十五年十月に創刊された「杉」は、活気にあふれていて、出たばかりの『花眼』の世界と、進行中の『浮鷗』の世界が常に仲間内で話題になっていたが、初学の頃から関心を抱いていた〈夜櫻や〉の一句に誰も明確な答えを出してくれなかったからである。

澄雄に聞いた〈夜櫻や〉の背景はこうであった。

昭和四十三年という年は、澄雄夫妻にとって結婚二十年の年に当たる。昭和二十三年三月に結婚し、すぐさま上京、都立第十高女（現・豊島高校）に赴任したが、七月には腎の病に倒れる、という最悪の年でもあった。それだけに、澄雄にとって結婚二十年の記念すべき年は、特別に感慨があったに違いない。その記念として、遠州・森町の大洞院に、アキ子夫人のかつての恩師・浅野哲禅師を訪ねた。森町に一泊した夫妻は、同町の古い社でその夜行われた祭を見に出かけ、満開の桜を仰いだのだという。その時出来たのが、掲出の〈夜櫻や〉の一句だった。

私はこの話を枕に置いて、「桜」という言葉の文化について縷々触れながら、次のように書いた。

（前略）従来の桜の文化をすべて否定して桜の文化を構えたのではなく、すでに出来上がった桜の文化を肯定しながら、その上に体温のように温かく柔らかい文化を一つ足したということであろう。しかも「夜桜」が、桜のイメージからストレートに見える〝浮かれ心〟〝華《はな》やぎ〟とはまた少し違う、ややかなしみを帯びた〝浮かれ心〟〝華やぎ〟として伝わってくることが不思議でならない。

と書いた。また「老いにゆく」にも長く触れているが、今の私の視座から見ると、少々面映い書き方がしてあるので省略する。

ただ「老いにゆく」に私は、単純に年齢を重ねていくこととは違う志を見るし、一見澄雄の意思と思える「ゆく」という表現に、その意思とは逆の志を読みとることができるのだが、どうだろうか。

かなかなや素足少女が燈をともす

昭和四十三年の作。

澄雄は『花眼』の時代から『浮鷗』の半ばまで、信州とともに越後によく通っている。中でも十日町からバスで遙か奥に入った松之山温泉にはよく通っていたし、そこでの名吟もまた多い。私などもその〝原風景〟が見たくて、澄雄が

かたかごの花や越後にひとり客

と詠んだ、雪解けの後のかたかごの花の咲く頃、松之山を訪れているが、どこを向い

ても澄雄の作品が頭に浮かび、自身の作品を作ることがかなわなかった経験を持っている。

澄雄はこんな風に書く。文中に「P温泉」とあるのが松之山。

今年もまた五月のはじめ越後山中のP温泉にでかけた。杉山と点々とした小さな山村に囲まれた温泉である。何年か前、櫻井博道君とはじめてここに入ってから、旅というと僕の足は自然にここに向かう。(「俳句」四十六年七月号の「山中通信」)

この温泉の澄雄の常宿で給仕に出てくれる女性に「さっちゃん」なる娘さんがいる。まだ高校を出たばかりの無口な少女だが、澄雄が泊まる日はかならず給仕に出ていてくれたらしい。掲出の一句のモデルも、この「さっちゃん」である。夕暮れも迫った頃、電灯も点けずに部屋に籠っている澄雄に、夕餉の膳を運んできてくれた「さっちゃん」が、やや爪先立って電灯を点けてくれたのだ。質素だが、いかにも越後の山中らしい夕膳が明るくなる。先ほどから聞こえている蜩がまだ鳴いている——そんな光景だろう。

先に引いた「山中通信」には、更に続きがある。

散歩から帰ってから朝食をしたためる。杉山を向こうに置いて、点々とした山村の空に浮かぶ梨の花の、宿からの眺めもいいが、いつも給仕に出てくれるさっちゃんという若い娘さんもいい。食事のとき以外は姿を見せないし、無口で、こちらの問いに答える以外は格別の愛想もないが、素朴で健康な娘さんだ。僕のP温泉行も多少はこのさっちゃんに会いにゆく気味合いがないわけではない。若い仲間たちは、僕の越後山中行を、「また、さっちゃんですね」とひやかすが、僕もその諧謔をうけて、みずからの諧謔としてひとり風狂のたのしみとする。

ここで言う、澄雄を冷やかした「若い仲間」の一人に私がいたかも知れないし、澄雄に親しく指導してもらっていたご婦人方の中には、わざわざ松之山温泉に出かけて「さっちゃん」に会ってきた人も出る始末。悪乗りついでに私たち編集部も「杉」の十周年記念号に、澄雄と並んで写った「さっちゃん」の写真を載せたことがある。この

「さっちゃん」の一事のような、ほのぼのとした雰囲気が、「杉」にはかつてあった。

酔客ひとり越後へ寒き浄瑠璃を

昭和四十三年の作。

この一句についての鑑賞はほとんどない。私の記憶が間違いでなければ、かつて八木荘一氏がどこかに一度書いたのを見たことはあるが、それも資料が散逸していて私の手許にない。しかし、私はこの一句にこだわり続けてきた。そのこだわりは、「越後へ寒き浄瑠璃を」が導いてくれる、ある不可思議な世界と、浄瑠璃という言葉の持った、親しさや懐かしさだったのかも知れない。

浄瑠璃には、仏教用語としてのおもしろさと、浄瑠璃そのものの持つ、日本人の心の琴線に触れる懐かしさがある。仏教用語としての「浄瑠璃」は、清浄な瑠璃、つまり清浄なものの例えとして使われているが、「浄瑠璃世界」と言えば、東方にあると言われる薬師如来の浄土を指す。また「浄瑠璃」の語源を遡れば、語り物「浄瑠璃」に見られる牛若丸と三河国・矢矧の長者の娘・浄瑠璃との恋物語にも辿り着こう。こうした故事などはともかく、派生から今日までいろんな流派に分かれながらも、浄瑠璃そのものの音声《おんじょう》は、日本人の〝血〟の中に強く組み込まれている。

さて掲出の一句だが、この時もまた澄雄は、通い慣れた越後の松之山に通うべく信越線の車中にあった。湯沢を過ぎた辺りだったろうか、法被を羽織った職人風の男が乗ってきた。澄雄の近くまでやってきたこの男は、座席に座ろうともせず浄瑠璃を唄い始めた。何の曲か澄雄には定かでないが、酔ったこの男の口から流れる浄瑠璃には、どこか浄瑠璃のもつ、〝人情〟が感じられた——と、澄雄は私に最近語ってくれた。そして、この酔った職人風の男に、妙に親近感を覚えた、とも付け加えてくれた。

酔客ひとり越後へ寒き浄瑠璃を

には、そんな出自があるのだが、そのことを知らずとも、この一句には、妙な不思議の世界を湛えて離さないところがある。

酔客のモデルが、澄雄の車中で出逢った職人風の男でなくともよい。あるいは澄雄自身であってもよい。私が酒好きだから言うのではないが、「酔う」という、あの弛緩した状態で心覚えのある浄瑠璃を口ずさむことにも、原初的な人間に返っていく不思議があるが、「越後へ寒き浄瑠璃を」と詠まれると、酔って浄瑠璃を口ずさむ〝個〟の不思議から、ある大きな、人間各々が気付かずに背負っている普遍的なかなしびの世界に導かれていくような不思議に逢着するのである。

この一句は「越後山中（二）」として

梨食うて顔吹き分くる秋の風
信濃川冬くると雲とどこほり
婆の背に醤油一本冬山路

などと一緒に発表されたうちの一句だが、〈酔客ひとり〉の一句だけが、私にはずっしりと重い。

緑山中かなしきことによくねむる

昭和四十五年の作。

この一句が発表されたのは、「杉」の四十五年十月号の創刊号だった。「越後山中」の前書つきで発表された四句の中の巻頭句としてだった。それだけに初学の頃の私の懐かしい思い出にもつながる一句。というのも、「かなしきことに」の掛かり方が、「かなしいことが原因で」の意と、「かなしいほどによく眠る」の両義にとれて、句会の後の二次会で、隣に座った人にその真意を秘かに聞いたことがあるからだ。

澄雄は旅の間中、確かによく眠る。列車の中はもちろんだが、宿に着いてからもすぐに横になるし、夕食の後なども眠ることが多かった。この一句も、そんな澄雄の自画像であろうが、どこか自画像の一語で片付けられない〝かなしび〟をたたえているのである。

ちかごろは、旅に出ると、殊に旅のはじめの日、実によくねむる。汽車の中、バスの中、宿に着くといきなり前後不覚といっていいほどよくねむる。去年も夏、仲間の婦人たちに誘われて浅間の裏の新鹿沢に二泊の旅に出かけたが、その時は宿につくなり、どこにも出ず、二日とも、食事に起こされる以外は、夜昼自分でもあきれるほどねむりつづけた。僕を相手に俳句をつくりに来た婦人たちに、「よくおねむりになられますね」と、なかば難詰の口調であきれられたが、その寝覚めのてれかくしに、

緑山中かなしきことによくねむる

と呟いて、またこんこんとねむりつづけた。（『森澄雄俳論集』の「山中通信」）

昭和四十五年は「杉」創刊の年。年齢五十一歳。実生活、俳壇での注目度、年齢的な若さ、そのどれをとっても、忙しくないはずのない澄雄の日常だった。従って、澄雄の旅は従来にも増して、〝脱出型〟の旅になっていった。

この〝よくねむる〟澄雄の旅から、私はもう一つ大切なものを学びとった。旅の大方を注意深く見守っていると、目をつぶってはいるが、意識が周囲に配られていることが多い。誰かの会話に突然入ってきたり、誰かが指し示す方向に目を開ける場面に、私などはよく出くわす。寝ていて見ていない筈の句材が、後の句会の作品に出される現場にも、随分と立ち会っている。こうした経験から私などは、最も外界を取り込む

にふさわしくない視覚を遮ることで、いままで見えなかったものが見えてくるのではないかという、一種信仰にも近いようなものを、感じとっていたし、事実、方法論的な手段として、この方法を用いたことも事実だった。

それはともかく、「かなしきことによくねむる」が、年齢的にもよく分かるようになったのは、それから大分後のことだった。

かたかごの花や越後にひとり客

昭和四十六年の作。

この一句も越後・松之山温泉での作。「俳句」の昭和四十六年七月号に澄雄は「山中通信――わが師・わが友――」（後に『森澄雄俳論集』に収録）に「越後山中のP温泉」と紹介しているのが松之山温泉。同じ文章に「何年か前、櫻井博道君とはじめてここに入ってから、旅というと僕の足は自然にここに向かう」とあるが、「何年か前」は、『浮鷗』の作品から推測すると、昭和四十三年ということになろう。

ついでに、「山中通信」の描写をもう少し借りることとする。この時は、五月に松之山を訪れている。

Ｐ温泉はＴ駅（注・十日町駅）からバスで一時間半、山中の迂路曲折をゆられながら入る。やっとバスが通い出したばかりで、宿も閑散としていて、遠く越後と信濃を界《かぎ》る山々は、晴れた五月の碧天に幾筋かの美しい雪谿を垂れ、村の日かげの道や田んぼにはまだ厚い雪を置いていた。青々とした杉山を負った点々とした山村には、遅咲きの山ざくらや桃の花、それに高い自然木の梨の花の満開であった。苗代どきの田のへりの小さな林に入ると、さわやかな浅みどりの若葉のかげに櫟や胡桃がひっそりとした花を垂れ、その下草には堅香子《かたかご》（かたくり）やイカリ草が、これもひっそりと紫や白の可憐な花をつけていた。

松之山とは、ざっとこんな風景である。私も何年か後に、この旅を澄雄と一緒に歩いた鈴木太郎氏に案内されて入ったが、村中が雪解け水にあふれ、日射しが明るかった。日陰には雪が分厚くまだ層をなしていたが、日向の壁面の雪がどっと音をたてて崩れると、その下から既に花をつけた堅香子の群落が現れる。まさに、澄雄が堅香子の句を詠んだ世界だった。ただ、この時の旅で印象的だったのは、既に澄雄が六、七年通った地だっただけに、右を向いても左を見回しても澄雄の俳句が顔を出し、こちらの器量もわきまえず、「ペンペン草も生えてない」などと言いながら松之山を離れた覚えがある。

堅香子は、ここに改めて書くまでもなく片栗の花の古名。〈もののふの八十少女らが汲みまがふ寺井の上の堅香子の花〉と『万葉集』に出てくるが、どこか片栗とは違う語感をたたえている。

かたかごの花や越後にひとり客

と呟きながら、この年もまた松之山に入っていく澄雄の孤心にもっとも適った言葉が、堅香子のひびきだったように思う。

昭和四十六年という年は、前年に創刊した「杉」の仕事と、まだ手放せないでいた「寒雷」の編集長の仕事を抱えながら、独り松之山へ通う澄雄の〝孤心〟を、私などは、この一句に重ねて読む習慣がついている。

送り火の法も消えたり妙も消ゆ

昭和四十六年の作。

「京都　大文字」の前書きがある。澄雄からの聞き書きによると、この京都への旅は「寒雷」の作家で西陣織の仕事をしている入江さんの招きで実現している。旅に同行したのは吉田北舟子、川崎展宏氏らだった。北舟子氏らの肝煎りで、祇園の舞子をはべらせて開いた宴の後に、この一句は生まれた。以下は自句自解があるので、それに従う。

八時、大文字が点火されると、みな宿舎の高い屋上に上って、燈を消した京都の黒い夜空に赤々と燃えるこれらの送り火を消えるまで眺め入った。句は再び小宴の席に戻った折、誰かに和綴じの芳書帖を出されて、咄嗟に浮かんでしたためたが、仏語の妙法とは別に、ぼくにはこの世の法も妙もなくなったという現実の感慨もあった。「妙も消えたり法も消ゆ」では一句を成さないだろう。

と書いている。

京都の大文字は、京都五山の送り火で、八月十六日の夜行われる。東山浄土寺山上の如意ケ嶽の「大」の字を始め、松ケ崎の「妙・法」、西加茂正伝寺の上の「船形」、愛宕山の「鳥居形」、金閣寺の「左大」の文字の送り火として焚かれる。澄雄の一句に収めた「妙・法」は松ケ崎のもの。

私がこの一句に少しこだわってきたのは、「法も消えたり妙も消ゆ」の表現と、自句自解で言う「ぼくにはこの世の法も妙もなくなったという現実の感慨もあった」「『妙も消えたり法も消ゆ』では一句を成さないだろう」の二つの言葉だった。

岡井省二氏も、この法と妙についてこんな風に書く。

ふつう、「妙法」という場合、妙法蓮華経などというごとく、妙が先に来るのが通例である。それが、法が消え妙が消えたというところに作者のおどろきと確かな眼があろう。澄雄は、法よりも妙を、浮世の生き方に描いていたのかもしれない。
（『鑑賞秀句100句選・森澄雄』）

確かに一句に表現の中に「妙法」の順で描かれているとすれば、既に実体は仏教の術の中に陥る。それが事実かそれとも事実でないかは別に「法妙」と書かれれば、その実体は仏教から離れて、この世の人間の生身のところに寄ってくる。その意味で岡井氏の「法より妙を……」の評言は至言だと思う。

しかし自句自解の「この世の法も妙もなくなったという現実の感慨もあった」という「法」も「妙」も同じレベルに扱っていた個所が気になって、電話でその点を澄雄に訊ねてみた。すると澄雄は、こちらの疑問を待っていたとばかりに、「法は滅びてもいいけど、この世の妙は滅びては困る、という思いがあった」と答えてくれた。この句の誕生から二十二年、澄雄の心の中に年輪を見た思いがする。

世阿彌忌のいづれの幹の法師蟬

昭和四十六年の作。

この一句は、埼玉県の高麗神社への「寒雷」の吟行の折に出来た作品で、辺りの木立から聞こえてくる法師蟬の声に、即座に出来たという。こんな説明のあと、「この句、楸邨も取ってくれなかったのよ」と付け加えた。

澄雄には忌日を詠んだ作品が多い。ことに第三句集『浮鷗』から多くなり、『浮鷗』だけでも、この世阿弥の句を含めて十二句を数える。

宗祇忌や旅の殘花の白木槿
宗祇忌の井水をたまふ海の暮
山越えてみな雲ゆくや西行忌
終戰忌杉山に夜のざんざ降り
旅にゐて裝黒づくめ近松忌

芭蕉忌の茅町桑町忍町

紅梅を近江に見たり義仲忌

風の日のなづなのはなの光悦忌

黐の花山を旅して業平忌

谷空に杉の鉾立廣重忌

芭蕉忌の酢漬の冷や近江蕪

終戦忌を除けば、全て個人の忌日だし、宗祇、西行、近松、芭蕉、義仲、光悦、業平、広重と、幅広いが、澄雄の関心から言えば近い人の忌日である。その意味から芭蕉風に言えば、「貫道するものは一なり」という言い方もできよう。

しかも、その忌日の修し方が、故人の事柄や生き様に即さず自身の心中に呟きのように語られているところが、俳壇の大方の忌日の詠い方と違うし、言葉はあまりよくないが、〝忌日句の名人〟と言われる澄雄の特質かも知れない。

こんな風に考えながら、忌日の句の鑑賞に私はいつも悩む。例えば季語の斡旋や、二句一章仕立ての俳句の取り合わせを超えた何かが、俳句の際働かない限り、忌日の句は単なる取り合わせの妙に終わって、人の心を打つまでには至らない。こんな時私は、『黒さうし』の中の芭蕉の言葉「俳諧は教てならざる所あり。よく通るにあり」を思い出す。その言葉について、澄雄は、「杉」の五十四年七月号の東京句会報で次のように言う。

「よく通る」ということは、結局は、自分の世界を新しく築き上げて、他人と違う俳諧の世界を持つということです。

やや抽象的な表現になったが、掲出句に沿って言えば、「いづれの幹の」と観じた澄雄の思いが、世阿弥とどう折り合うかだが、知も情も排した、この取り合わせに、取り合わせの効果以上のものを観ずるとすれば、それは、俳諧の道を超えた素の人間のうなずきしかあるまい。

寒鯉を雲のごとくに食はず飼ふ

昭和四十七年の作。

森澄雄の作品には時々、その旅の印象が後年になって発表されることがある。この作品も自句自解に「前年木曾の旅の矚目」と断っているので、四十六年の冬、矢島渚男、加藤貞仁氏の二人の弟子を伴って出かけた木曽の旅の作品ということになる。四十六年の旅では既に

山の冬泉の鯉も朦朧と

木曾の冬道にえいえい臼作り

の名吟があるが、掲出句の発想には愛着があったのだろう、一年後の発表になった。自句自解ではこんな風に書く。

これは写実をはなれた僕の風狂の作。鯉にはその食味としてではなく、その姿に不思議な魅力と愛着がある。「雲のごとくに」はイメージばかりではない。「雲集」

という言葉がある。もちろん無数の鯉を食わず飼う実在の一人物もいいが、ある日ある時、飲食にかかわる人間のかなしき所業を捨てて、自ら胸中、一仙人と化して、無数の鯉を飼ってそれと遊ぶ白雲去来の仙境を夢みたのだ。

この自句自解を裏付けるように、澄雄には、

寒鯉を見て雲水の去りゆけり　『浮鷗』
寒鯉のあぎとふを夢寝入りぎは　『浮鷗』
鯉浮いて山の春雲一つ啖ふ　『浮鷗』

といった句が、この周辺にも多い。

「だが、この一句おおかたの不評を買った」と自句自解でも言うように、発表当時、随分と話題になった。もうそろそろ時効だろうからその辺にも触れてみるが、まず五十年の十月号の「俳句とエッセイ」の「森澄雄秀句合評」に桂信子氏が、「食はず」とまで言わなくとも「雲のごとくに飼ふ」だけで成り立っていると書いた。これに対して澄雄は、十月二十六日付の毎日新聞の「私の俳句作法④・風狂」の中で、先に引

用した自句自解と同趣旨の文章を書いた後に、「『食はず』は『食ふ』という人間の所業を裏において一句の俳諧の所在、また要《かなめ》だ」とし、更に澄雄には珍しい語調で次のように続ける。

一方、桂氏の文章から、ぼくには子規の写生以来、俳諧の滑稽《こっけい》も風狂も失って、目に見えるものしか見えなくなった現代俳句に対する大きな不満もあった。

これに対して桂氏も早速、十一月九日付の毎日新聞の「句帳・歌帳」で反論する。

作者が力めば力むほど、私には「食はず」が、なおのこと、よけいなものに見えてくる。(中略)風狂というものは、自分ひとりが面白がっていては風狂ではなくなる。風狂はおしつけではない。他からみてこそ風狂である。

編集者は、実に二人の論争を意図したようだが、澄雄も桂氏もおし黙った。しかし俳壇では、二人のやりとりについて、しばらく賛否両論が見られた。

秋の淡海《あふみ》かすみ誰にもたよりせず

昭和四十七年の作。

昭和四十七年の七月から八月にかけて澄雄は、師の加藤楸邨夫妻らとシルクロードへの旅に出ている。この旅は、森澄雄文学の一つの転機ともなっているので、自身もいろんなところにその旅の周辺を書いているため、改めて詳述はしない。ただ、この旅が澄雄に何をもたらしたかについて、整理してまとめてある世界文化社の『奥の細道』の「近江にひかれる心」(昭和五十年刊)からの引用をまじえて、少しこの周辺にふれてみる。

シルクロードの旅のある晩、ふと芭蕉の〈行春を近江の人とおし《(を)》みける〉の一句が浮かんだ。その自らの心をのぞくように書かれた一節である。

シルクロードの旅を歩きながら、しきりにこの芭蕉の一句が想い出されていたのは、中央アジアと近江と、全く風土も歴史も、その性格も規模もちがうが、そこにあるはるかなもの、その悠久の思いであろう。この一句の、事実春を惜しんでいるのは近江の人々とであり、またひろやかな湖水をもつ近江の風土感を詠いこめながら、それらをはるかに越えて、この一句のもつやさしさとなつかしさは、古来、春を愛し、行く春を惜しんできた日本人の心の、これからもつづくはるかな思いであろう。いわば、そうした日本文化の伝統がここにその総体としてあるからである。

この旅で澄雄は一句も成さなかった。帰国すると、はやる心を抑えるように近江に出かける。その近江への最初の旅で掲出句は生まれている。

同行の岡井省二氏と堅田の浮御堂の宿に泊まりながら、例の澄雄流の和綴じ帳を埋めていく句会の中から

雁の数渡りて空に水尾もなし

鳰《かいつぶり》人をしづかに湖の町

城多く寺多くして秋の湖

など、澄雄には珍しく多くの作品を残している。しかし「多作にめぐまれたが、芭蕉の呼吸を願う心の飢えはなお癒えなかった」(自句自解)と述懐する。自句自解は更に続く。

　翌日、堅田から大津に出て、はじめて義仲寺に詣で、義仲と芭蕉の墓に線香を供えて、あるしんとした心の静まりを覚えながら、その帰りあの小さな電車の吊皮を握ってゆられている時、ふうっと、胸からつぶやきがのぼるように、この一句が浮かんで、やや心の飢えを終息させる思いがあった。

澄雄は芭蕉の近江の句について去来の言った「湖水朦朧として春を惜しむに便有《たより》べし」を一方に置きながら、「たよりせず」と呟いたが、実は、シルクロードの床上に浮かんだ〈近江〉の句への懐かしさとともに、芭蕉へ、また近江の風土へ、またそこで暮らしてきた土地の人々へ「たより」を発しているのである。

澄雄のこうした思いに反して、俳壇での評判は、一緒に発表した

夜寒かな堅田の小海老桶にみて

の方が数段よかった。

雁の数渡りて空に水尾もなし

昭和四十七年の作。

この一句も、シルクロードから帰って初めて近江を訪うた時の作品で、前記の作品

秋の淡海《あふみ》かすみ誰にもたよりせず

と一緒にできている。

堅田の浮御堂の隣の宿は、その後百回にも及ぶ澄雄の近江通いの中で、一番多く泊まる宿でもある。今では少々様相を異にするが、部屋からそのまま湖の葦の中に突き出た形でベランダがしつらえられ、鴨や諸子の食べられる季節には賑わう。

旅の朝の遅い目覚めのままこのベランダに出た澄雄は、広々とした湖水を眺めていると、丁度、湖北から湖南にかけて、澄んだ秋の空を雁が渡っていく。その羽ばたき

が見える距離でもあった。

ほかならぬ芭蕉の「病雁の夜さむに落て旅ね哉」の堅田で、予期せぬ雁の列を見た感動で、やや呆然と雁が消えていったあとも、しばらく空を仰いでいた。もしこの一句に苦心があったとすれば「雁の数」であろう。単なる矚目の景なら「雁の列」でもよい。だが「雁の数」としたのは、過ぎゆく雁の一羽一羽を見送る愛情のまなざしとともに、あるいは昨日も渡り、あるいは明日も渡るかも知れぬ、また遠く芭蕉の時代にも渡ってきた、そうした雁たちへの、またはるかな芭蕉に思いをつなぐ心もあった。

（「自句自解」）

この自句自解から私が感動を受けるのは、特に「あるいは昨日も渡り、あるいは明日も渡るかも知れぬ……」以下のくだりである。というのは、この句のできた翌年、詳しくは昭和四十八年十一月四日付の毎日新聞に「雁の数」なる文章を書き、十年前見送った父のことを、北栄の詩人、梅堯臣の詩「祭猫」や、井上靖氏の「月の光」を引用して書きながら「死が人間の必然として、いわば常法として身体の中の一部に住みついたのかも知れぬ」として、やや唐突に〈雁の数〉の一句をさりげなく置いたことである。

この文章を読みながら私は、この一句の生まれる二年前の、昭和四十五年十一月号の「俳句」に書いた「山中独語」の次の一節のことを思っていた。

総じて文学、殊に自分のかかわる短詩型の俳句を、踏跡の文学だと言って沢山だと思っている。この虚空の時間の中で、われわれの祖先は、何百、何千億となく生死をくり返してきた。おのれもその一人に過ぎない。そこに立って、その生死の中で彼等が見つめてきたものを見つめてみようという思いがいよいよ強くなった。

この澄雄の思いと、二年後の〈雁の数〉の一句の違いを見極めるとすれば、それは「踏跡の文学」の中に、個をはるかに超えた普遍の思いを据えたことであるし、この普遍の思いが、以後の澄雄文学の要諦になっていることもまた、見落とせないことなのである。

白をもて一つ年とる浮鷗

昭和四十七年の作。

句集『浮鷗』の集名にもなった澄雄の代表句。「浮鷗」はおそらくぼくの造語――と澄雄自身も言う。この年の歳晩、岡井省二氏と、いまは故人となった田平龍胆子氏に誘われて、雪の湖北から、急に思い立って入った種《いろ》の浜での作品。芭蕉の『奥の細道』にも「十六日、空霽《はれ》たれば、ますほの小貝ひろはんと、種の浜に舟を走《は》す」と出てくる敦賀湾の西北岸の地。やっとの思いで辿り着いた澄雄一行は、この地に一軒だけある宿屋が業を休んでいて泊めてもらえず、種の浜の上の高速道路に沿った土産屋の二階に泊めてもらっている。自句自解にはこんな風に出てくる。

その夜のおかみの心づくしの、大皿にはみ出るように出された越前蟹の美味は、その年のいちばんの贅沢だったろうか。だが、日常の旅とちがって歳晩の旅寝は、時も流れ身も流れている。そんな漂泊の思いがひとしお深く、なかなか眠りがこなかった。夕暮、ますほの小貝を拾いに浜辺に下りたが、その時暗くなっていく浪間に浮かんでいた白い鷗の姿が、漂泊の思いとともに、眠れない瞼の中にいつまでも浮かんで消えなかった。

澄雄は当時、乞われると色紙に「天地一沙鷗」と杜甫の詩の一節をよく書いた。これは杜甫が揚子江を下る旅夜の詩「旅夜書懐」の一節で

細草微風岸　　細草微風の岸
危檣独夜舟　　危檣独夜の舟
星垂平野闊　　星垂れて平野闊《ひろ》く
月湧大江流　　月湧きて大江流る
名豈文章著　　名は豈に文章に著はれんや

官應老病休　官は應《まさ》に老病に休すべし
飄飄何所似　飄飄何の似たる所ぞ
天地一沙鷗　天地一沙鷗

と出てくる。これは掲出の〈浮鷗〉の句からさかのぼること七年の、昭和四十年一月号の「寒雷」に「杜甫(三)」と題して書いた文章で、私には掲出句とイメージがダブる。この文章は、「旅夜書懐」と「雲山」の杜甫の詩二編を挙げ、「雲山」の「白鷗元水宿　何事有余哀——白鷗は元より水宿するものを、何事ぞ余哀の有る」と、「飄飄何所似　天地一沙鷗——飄飄として何にか似る　天地なる一沙鷗」から澄雄は芭蕉の〈病雁の夜さむに落て旅寝哉〉の一句を思い起こすと書き、

だが、芭蕉の句は、病雁が見えぬことによって、やや観念的な弱さをもつのに対して、杜甫のかなしみは、白鷗が見えることによって、いよいよ白く鮮明にはめこまれる。

と続く。

種の浜の夕暮に澄雄が見た白い鷗の姿が、杜甫の詩と共に一層鮮明に私には見えるが、この一句を持って集名にした澄雄の気持ちが、以後の『鯉素』へと続く道筋として私にも見えるような気がする。

第四章　鯉素（りそ）

糀屋が春の雪嶺を見てゐたり

昭和四十八年の作。

澄雄五十四歳。学校勤めと俳壇の仕事、それに「杉」発行にまつわる雑事で、日常は多忙を極めていた。「学校を早く辞めたい」を口にするようになったのもこの頃だった。しかし、澄雄の旅は相変わらず続いた。掲出の一句も木曾福島での一句。私にとっても初めて同道させてもらった旅だけに、この旅の記憶は今でも鮮明である。

古い資料を繰ってみると、二月十九日、澄雄と私の他に、鈴木太郎、長谷川庚吉の両氏が同行、途中の塩尻で落ち合った矢島渚男氏を加えた五人の旅になった。

自句自解にはこんな風にある。「木曾福島での作。駅を出て町を下り、木曾川にかかる橋を渡ると向いに小さな糀屋があった。たまたま白い半纏の作業衣に前掛姿の糀屋が表へ出て、一服しながら、ほうっと、木曾の明るい早春の空を仰いでいた。木曾川をはさむ前山の彼方に雪を置いた南アルプスの山々が見えたかどうか。だが句は春の雪嶺を望ませた。糀屋と春の雪嶺の微妙でのびやかな照応を味わって貰えばいい」と。

木曾福島で下りた五人は、義仲の墓のある興禅寺に詣で、木村代官邸、桟《かけはし》、寝覚の床などを回り、その夜は妻籠宿の通りに面した古い旅館「いこまや」に泊まった。この宿は、前の年に木曾路を歩いた折、馬籠からぐしょ濡れになって着いた私を、温かく迎えてくれた宿でもあった。

「いこまや」での句会は、例によって和綴じ帳を回す澄雄流のものだったが、私にとっては初めての句会だった。床には臘梅が活けてあった。天井が大きく抜けて空の見える煙出しからは、夜になって降り出した雨音が伝わってくる。冷え込んできた夜気の中に墨の香だけが漂う。この時回された和綴じ帳の題は、確か「五人衆」だったと記憶している。

初句会に緊張している私の前で澄雄は、

糀 屋 が 春 の 雪 嶺 を 見 て ゐ た り

と書き付けた。四人が四人とも一緒に見届けた風景だったが、それを、いとも簡単に事実だけを並記しながら、昼間見た雰囲気が余すところなく伝えられていることに、一同息をのんだ。後に、「糀屋」「春」「雪嶺」の季重なりを言う人もあるにはあったが、だれもが、澄雄が自句自解で言う「糀屋と春の雪嶺の微妙でのびやかな照応を味わって貰えばいい」で、納得できた。

翌日は塩尻まで戻り、免許を取ったばかりの渚男氏の、若葉マークを付けた小さな車に押し込まれ、穂高町の山葵田と碌山美術館を見て、大町、鬼無里の早春を楽しみながら、その夜は丸子町の渚男氏の教え子の宿屋に泊まった。

ぼうたんの百のゆるるは湯のやうに

昭和四十八年の作。

この一句は、湘南・二宮の徳富蘇峰館で作られている。私も現場に立ち会っているので記憶も鮮烈である。当時のメモを繰ってみると四月三十日とあった。「二宮の蘇峰館の、樹齢二百年の牡丹が、今盛りのようだから君もどう?」と、八木荘一氏から誘いを受けた。同行は、澄雄と川崎展宏氏に、八木氏と私の四人。四月末にしてはやや蒸し暑い日だった。八木氏の夫人は歌人だが、先に蘇峰館に行っていたらしく、入口の躑躅の枝に結び文があって、「折角のお越しに残念ですが、牡丹の花は二、三日前に散ったようです」とあった。

それでも、海に面したテラス状の庭に、ジャングルジム状の竹に支えられた牡丹の樹は見事なもので、萎えた花を幾つか残しながら、大きな気息を天に向けて吐き続けていた。牡丹の樹には、今年の大きな仕事をし終えた威厳のようなものさえ感じられた。「すでに花はあらかた終わっていた。（略）いわば幻想の一句。実際に咲き揃った牡丹を見ていたら、この句は出来たかどうか。これも作家のもつ不思議な虚実の一つであろう」と、澄雄自身、自解で言う。

この日の句会は、当時八木氏が勤めていた国際電電の、海に面した明るい寮で行われた。私の手許に残っている、その日の和綴じ帳によると、澄雄の牡丹の句は、

かくやくの陽を吸ひやまぬ黒牡丹

の一句だけだった。私は青畝の〈牡丹百二百三百門一つ〉を心に置きながら〈まぼろしの牡丹三百海の音〉と正直に書いた。

掲出の〈ぼうたんの〉は「杉」の六月号に発表された一句。和綴じ帳に書き付けた「黒牡丹」は、

太陽を吸ひてやまざる牡丹園

に改められ〈ぼうたんの〉の一句と並んで発表されていたが、なぜか『鯉素』には入っていない。

それはともかく、澄雄の自解の「いわば幻想の一句。実際に咲き揃った牡丹を見ていたら、この句は出来たかどうか。これも作家のもつ不思議な虚実の一つであろう」から、大きなものを手渡しされた思いが残る。

と同時に、発表当初から話題になったこの句への鑑賞の多くが、「湯のやうに」の「湯」を現実の「湯」に置きかえて読んでいただけに、澄雄の言う「作家のもつ不思議な虚実」が、私には一層おもしろくてならなかったのである。

西国の畦曼珠沙華曼珠沙華

昭和四十九年の作。
「杉」の会員が全国から集まって開かれる「杉のつどい」は、この年が第四回。兵庫県飾磨《しかま》郡夢前《ゆめさき》町の塩田温泉「夢乃井」で、九月二十二、三日に行われた。総勢百二十人、パリから帰国中の小池文子さんも参加していた。宿の辺りの田圃は黄色く色付き、時折、威し銃の乾いた音が穂波の上を渡ってくる。その畦という畦は一面、曼珠沙華に覆われていた。とくに、播州平野と瀬戸内が一望に見渡せる、西国三十三所の一つ書写山円教寺からの曼珠沙華の景は、この世のものと思えないものがあった。
「おりから見事な秋晴れ、稲田は色づいて豊かな穂を垂れ、畦を歩くと威し銃が思わぬ近くで音を立て、どの畦も火のような曼珠沙華を綴っていた。夢前川にかけられた簗には小さな亀が上って、ばたばたしているのも面白かった」と、澄雄も自句自解に書く。
この一句を澄雄は、
西国の旅曼珠沙華曼珠沙華
を初案として、旅から帰って友人にあてた礼状に書いている。しかし「杉」の十一月号には「西国の畦」に直して発表している。「『西国の旅』では甘い抒情の句になる。『西国』にはもちろん『西国三十三所』の霊場を歩く遍路の思いや、旅の思いもこもっている」（自句自解）と澄雄も、その辺の事情を説明している。

岡井省二氏は、この一句に興味ある視点を添える。

「象徴なら、西国といえば西方浄土を思う。日の没《い》る、彼岸を思う。他界を思う。山越阿弥陀を思う。来迎を思う。遍路の国を思う。涅槃《ねはん》を思う。その西国の、野の畦には、曼珠沙華が、どこへいっても咲いている、というのである」。そして、「旅」を「畦」に決定《けつじょう》したことについては「思想をものに還元した骨格というべきであろう」と書く。

（『鑑賞秀句100句選・森澄雄』）

澄雄が自解でも言うように、「旅」の抒情を「畦」の物に置きかえたことへの説得力ももちろんだし、岡井氏の言う「西国」の言葉としての意味性も肯えることだが、私はもう少し違った味わいをこの一句に感じるのである。

この一句が発表された当時、澄雄はしきりに「無益《むやく》」という言葉を使っていた。「無《む》益《やく》な時間の充実が欲しい」と未来形で多くは語られるが、そのことをこの一句に重ねてみると、抒情が物に置きかえられる有効性より、「西国」の言葉の味わいより、澄雄が心から願う「無益の世界」に漂う〝かなしび〟が伝わるのである。

春の野を持《も》上《た》げて伯耆大山を

昭和五十年の作。

何年か前の「俳句研究」の私の特集で、「森澄雄の作品で一番好きな句」を問われた折、迷わず私はこの一句を挙げたことがある。どこか国造りの神話に通じる一句の大きな呼吸が、どうかすると、作句上、狭い袋小路に迷い込みそうになる私を救ってくれる指標のような一句になっていたからなのかも知れない。

この一句についての自句自解はないが、幸いに、昭和五十年十月号の「杉」に東京例会で話した澄雄の言葉が、『澄雄俳話百題（上）』に収められているので引用してみる。この時は、先にも触れた〈寒鯉を雲のごとくに食はず飼ふ〉の〝食はず〟について述べた延長として、この句にも触れた部分である。

「『伯耆大山を』の後には『登る』が省略されていると見る人がいる。伯耆へ抜けるトンネルを出ると、裏側の大山が眼前に見え、伯耆の平野を俯瞰できるところがある。つまり、やや高みから大山と平野を見下ろしたことになるんだけれども、もっといえば、僕の眼は天の上にあったかもしれない。上から風呂敷をひろげすーっと真ん中を引っぱれば、伯耆大山は上がるわけです」

これで澄雄の位置関係と、志は明確に見えてくる。この後に更に大事な話をする。「伯耆大山を」の後に「登る」が省略されている——としか読めない人達への怒りだろうか、語調は強まってくる。

「古事記などに国引きや国造りの話がありますが、そういう古人の想像力の方が現代人よりも豊かです。眼をつむれば、仙人になることも、大海亀を釣ることもできるんです。詩人が想像力というか、一種の精神力を失ったんじゃ、もう詩人とはいえない。俳句は眼の所産ではなくて、精神力の所産です。風狂というのは何かを捨てるという態度なんですが、僕は、まず捨てなければならないのは顔につけている眼じゃないか、そうすればもっと本当のものが見えてくるんじゃないか、という気がします」

やや逆説的に「まず捨てなければならないのは顔につけた眼」と澄雄は言うが、何事につけ肉眼で見たものしか信用しなくなった現代俳人達の〝乏しくなった想像力〟への痛烈な皮肉なのである。

二年前、出雲、松江から大山の麓を経巡る機会に恵まれたが、季節こそ違え、伯耆富士、出雲富士と、姿と共にあがめられてきた大山を眺めていると、澄雄の一句にいざなわれて神話の世界に入っていく錯覚を覚えてくる。

若狭には佛多くて蒸鰈

昭和五十年の作。

この年澄雄は春と夏の二度、若狭を訪ねている。この句の出来た旅は、福井市から一人で小浜に入っている。若狭は朝鮮語のワカソ（往き来）が訛った言葉で、朝鮮半島から大和にストレートに文化の入ってくる地でもあった。東大寺の二月堂のお水取の行事に使われる〝聖水〟も若狭から運ばれてくる。「良弁《ろうべん》杉の下にある若狭井の香水を汲み上げて本堂にはこぶ。この香水は若狭の遠敷《おにゅう》明神から送られる聖水と伝え（若狭井は「若水」の意ともいう）、一年間の仏事用として須弥壇下の壺に収める」（窪寺紘一『仏教行事歳時記』）という。私も小浜を訪れたことがあるが、神の座と仏の座が並んで置かれた寺があったり、名工の彫物が人の目につきにくい建物の中の裏側に彫ってある寺があったりと、これまで見た寺々とは違う風景をいくつも見た。

澄雄も若狭・小浜では、神宮寺をはじめ、羽賀寺の十一面観音や国分寺の薬師如来など、白鳳以前の古寺、古仏を経巡っている。小浜には多くの谷がある。その谷々を足が痛くなるまで歩きながら、沢山の仏に出会った思いがある……と澄雄は述懐する。その晩、宿の夕膳に出てきたのが蒸鰈だったという。

蒸鰈はまた若狭の名産。若狭湾で獲れた柳鰈を、塩水で蒸してから陰干しにしたものので、腹が夕日のように橙色に透けて見える高級品もある。この鰈をさっと火にあぶったものが、この日の膳にも出たのだろう。

この句の発表された当時、私は「若狭」という地名と、「仏多くて」「蒸鰈」の組み合わせが、どういいのかも謎解きできないまま悶々とした日々を過ごしていたが、その謎解き出来ないままに〝頷く〟という認知の仕方でこの一句と向き合っていた記憶がある。この句が発表された四年後に、たまたま小浜を訪れる機会に恵まれた私は、先にも書いた朝鮮半島から直接渡ってきた仏教の不思議と共に、ふと心に浮かんだ澄雄の〈蒸鰈〉の一句に添って

冬がれひ人も財《たから》も海より来

と詠んだ。句の善し悪しでなく、こう詠むことで、私の中の蒸鰈の不思議は少し解けたような気がして来た。

もちろん、この一句には、若狭への挨拶もあるが、自句自解には「点々と山裾にある古寺・古仏を訪ねながら、蒸鰈の少しうるんだ白い肌の色が、おだやかな仏像の面影に重なっていった。一句はやわらかでおだやかな若狭の風土と語感にもひかれている」と書いている。

この句の輪郭について、最近会った澄雄は、更に明快な答えを用意してくれていた。「蒸鰈だけで一句が終息するのでなく〝仏多くて〟と〝蒸鰈〟の奏でる世界が一つの円環を描くということです。言葉の意味より、言葉の持っている〝音楽〟がぼくの句

には大切なんです。単にリズム感ではなくて、響き合う音楽が作る空間が大事なんです」

炎天より僧ひとり乗り岐阜羽島

昭和五十年の作。

澄雄の淡海通いは、つとに有名だが、その淡海に通う途次、新幹線の岐阜羽島駅で見た、この一句の光景を、自句自解でこんな風に書く。

「いつもの通り淡海への旅、米原で降りる。八月の盆であった。『こだま』は岐阜羽島でとまる。閑散な岐阜羽島の駅。赫灼たる陽がプラットホームにも照りつけ、ホームの下の僅かな町並の屋根にも照りつけている。その時ふと墨染の僧がひとり、ふわっと列車に乗ったような気がした。幻覚か現実か。その時、この句がすっと出来たが、それだけである」

この一句が発表された当初大分話題になった。歌人の宮柊二氏は、この地が円空の故郷だからという論拠で、東京新聞に好意的な文章を寄せているが、「僧ひとり乗り」

が実在の僧なのかそれとも想念の中の僧なのか意見も割れたし、中には「風俗俳句」の烙印を押す評も表れた。これには澄雄も自句自解の中で「『風俗俳句』を作った覚えはない」と明快に言い返している。

墨染の僧が実際列車に乗ったのか乗らなかったのかは、当時の澄雄の俳句観をみていればさして問題にすることではなく、むしろ、そこにどんな世界が現出されたかを問題にしなければならない。そこで最近、もう一度その思いを尋ねてみた。

「一句の作り方は、僧が実際に乗った風景になっているけれど、これは作者のイメージなんです。『ぼうたん』の句と同じように、ぼくの句には一句の生成の中にイメージが入ってくる。一句の世界をそこでこしらえるというのが、ぼくの俳句なんです。一句の現実よりも一句の持っている世界の方が、ぼくの俳句の問題なんです。大概の人は、どうしたこうしたと情景を述べるけれど、ぼくは、大きな円環を描くように句を作りたいと思っている。だから、実際であろうと、イメージであろうと、一句が出来た時、世界を持つということです。単に私小説などの世界でなくて、もっと大きな宇宙感覚だと思っています」

この一句に対する俳壇の賛否両論の多い中で、私は常に肯定の立場をとってきた。昭和五十一年十月号の「俳句研究」が澄雄の特集を組んだ時も「『炎天より』への憧憬――私のなかの森澄雄」と題して、次のように書いている。

「『炎天』『僧』『岐阜羽島』と、三つの実景の並列から見える〝虚〟は方法ではない。言葉を並べ構築することで、自らの世界を予見する作家の作業を思ってもなお及ばない、人知では測りしれないものが、この句から見えるとすれば、それは、澄雄が日頃口にする『もう一度重いものを引きずって歩きたい』という生きざまかも知れない。『腸《はらわた》の厚きところより……』という澄雄の覚悟かも知れない。(後略)」

十八年も前の文章だから、やや不満も残るが、今でも大筋こういう感想を持っている。そして、あの最も恥ずかしい唇の形で「ギ・フ・ハ・シ・マ」と呟いた音感が、澄雄の言う含羞とともに、この一句から見えてくるのである。

蟬山に墓舁ぎ入るえいほうと

昭和五十年の作。

この句を取り上げた評を一度も見たことがないと思っていたら、発表の直後に加倉井秋を氏がどこかに書いていたことを、後に澄雄に教えられた。それはともかく、私は澄雄の十句をと問われたら、迷いなくこの一句を入れることになろう、と思っている。

この寺は米原駅から徒歩五分の青岸寺、正確には「吸湖山青岸寺」で、曹洞宗の寺である。この寺の裏山の墓地が、この一句の舞台である。

青岸寺は六百数十年前の南北朝の中期に近江の守護職でもあった佐々木京極道誉によって創建された古寺で、当時は不動山（後に太尾山）米泉寺と称していたが、明暦二年（一六五六）に、寺名を青岸寺に、山号を吸湖山と改めている。

この青岸寺は名園の大小の木々に雪吊をするので有名で、小は実南天の木から万両にまで雪吊をする。澄雄の『游方』に収めた一句

雪　吊　の　大　小　の　小　実　万　両

も青岸寺の庭の冬の景を詠んだもの。

「米原で下りるとぼくは必ず青岸寺を訪ねる」という澄雄は、庭のたたずまいを眺め

ながら、時には裏山の墓地にまで足をのばしていたのだろう。全山が蟬の声にあふれていた。関東などの東日本に多い油蟬ではなく、西に多い、あの「シャワー、シャワー」と鳴く熊蟬かも知れない。

「この寺の裏山に登ると墓地がある。その時は、全山が蟬時雨だった。墓を作った石工なのだろうか、文字を彫り込んだ墓石を一本の棒に吊って二人の石工が下から上がってくる。えいほうでなく、えいえいと言ったか知れないが、掛け声をかけて登ってくる。そんな光景を見ていて、人間の生死を超えた大きな世界があるように思えた」と澄雄は述懐する。

この一句が私を強く引きつけるのは、「蟬山」といい「えいほう」といい明るいことである。「墓」があるからそうなのでなく、明るい中にある〝かなしび〟を込める澄雄の句作りの特徴を、この一句に強く見留めるからなのだろうと思う。このことに相づちを打つように、澄雄自身も「ぼくの句の場合、人間の生死を超えて大きな虚の世界があって、その虚の世界が案外暗くなくて明るいんだな」というように、その世界は意外に明るい。私の言う「明るい素材の中の〝かなしび〟」と、澄雄の言う「虚の世界が案外暗くなくて明るい」の物言いは、一見矛盾していそうだが、〝生きる〟という本音の覚悟のところでは同根だろうと思う。

この後の

豊年や尾越の鴨の見ゆるとき

の鑑賞の中でも詳しく触れるが、昭和五十年という年は、『鯉素』の作品群の中でも、際立った名吟を残す年になった。

豊年や尾越の鴨の見ゆるとき

昭和五十年の作。

この年の八月の末、私は夏休みを利用して信州への旅に出た。富士見で療養中の師、高木健夫氏を見舞った後、秋の気配の濃くなった大町から葛温泉に入り、ここで一泊、翌二十六日に、かねての約束の通り、甲州の湯の沢温泉で澄雄一行と落ち合った。この旅を設けてくれたのは斎藤優二郎氏で、その夜は吉田の火祭りをゆっくり見て回った。庭に滝をしつらえた宿での句会は、例によって和綴じの句帳回し。澄雄以外の三人の句は、いま見てきたばかりの火祭りの興奮をそのまま書き付けたが、興味をもって見つめる澄雄の筆の第一句は

豊年や尾越の鴨の見ゆるとき

で、したためてから「この句どう?」と一同を見回す。その顔に、これまでに見たことものない興奮が読みとれる。続けて

みづうみに鰲《がう》を釣るゆめ秋昼寝

と大書した。

澄雄は甲州の旅に出る前、近江を回り珍しく沢山の句を作ってきていたのだった。その成果は「杉」の十月号と「俳句」の十月号に、「豊年や」や「みづうみに」と共に、

炎天より僧ひとり乗り岐阜羽島

蟬山に墓舁ぎ入るえいほうと

などの秀吟を発表している。

さて、〈豊年や〉の一句だが、「尾越の鴨」は、初めて渡ってくる鴨のことで季節は秋。

「山湖へ降りるカモは、山の尾根を越えてくるもので、尾根すれすれに越し、その道も一定している」と中西悟堂氏は歳時記に書く。

この句の解釈の微妙さは「豊年や」にある。その微妙な働きについて澄雄は最近こんな風に私に説明してくれた。平成六年の一月号の「杉」に、「石道寺」の前書を付した

豊秋や朱唇のこれる観世音

の一句を発表している。モデルの観音は、前書通り石道寺の十一面観音だが、渡岸寺の十一面観音よりややひなびていて、しかも赤い唇が少し残っているのだという。近江は江州米の産地。案内してもらったタクシーの運転手さんに作柄を尋ねると平年作だという。そこで実った稲の穂が具体的に見える「豊秋や」の季語を選んだ。そして大事なことをポツリと語る。

「この句の場合、『豊年や』では観念になる。しかし『尾越の鴨』の場合は、『豊秋や』では具体的すぎるので、もっと大きい空間を描ける『豊年や』を置いた。そうすることで、初鴨の飛んでくる空が見えるはず」という。

昭和五十年の第五回杉賞に決まった私は、「豊年や」の軸を澄雄から賞として貰ったが、そのことはともかく、昭和五十年という年は私にとって、澄雄の自在な作品を沢山見せてもらった年という印象が強い。

みづうみに鰲《がう》を釣るゆめ秋昼寝

昭和五十年の作。

澄雄は旅先に訪れた寺社では必ずといっていいほどみくじを引く。この一句の出自がみくじの詩句に由来していることを知ってからは、周囲も澄雄の引くみくじに注目する。大吉であろうと吉であろうと気にとめない。勿体ぶった託宣にも興味を示さない。むしろそこに何気なく書かれた漢詩の一節や和歌の文句に目を注ぐ。同道した何度かの旅で、私もその場面に出くわしている。

掲出の一句は、信貴山で引いたみくじがヒントになっている。この日引いたみくじには「第五十七番吉、大和国信貴山」とあって、託宣として、四十までは孤独不遇だが、六十代には賎をなす——とあった。澄雄にとっての六十代はあと四年を余すのみだが、この託宣より、みくじに書かれた次の漢詩の一節に興味を示した。

欲渡長江濶　長江ノ闊《ヒロ》キヲ渡ラント欲スレド
波深未有儔　波深ウシテ未ダ儔《トモ》有ラズ
前津逢浪静　前津《ゼンシン》浪ノ静カナルに逢フ
重整釣鰲釣　重ネテ鰲ヲ釣ル釣《ツリバリ》ヲ整フ

「鰲」は大スッポン、想像上の大亀の意というが、澄雄は「重ネテ鰲ヲ釣ル釣ヲ整フ」の豪気が大いに気に入っていた。

この時の旅はかなり強行軍だったらしい。お盆休みを利用し西下した澄雄は、米原で大阪・守口の岡井省二氏と落ち合い、伊吹山に登り、その夜は長浜に宿をとった。翌日は彦根から船に乗り、多景島、湖北を巡り高島泊。更に翌日は、安曇川沿いに朽木に入り若狭小浜、舞鶴を経て出石に泊まった。四日目は岡井亭に泊まり、翌日にくだんの信貴山と平群谷を一日かけて歩いている。

旅から疲れて戻った澄雄は、その信貴山で引いたみくじの五言絶句の詩句を諳んじながら目をつむると「多景島から見渡した初秋の白々と光をたたんだ淡海の水面が広がり」、掲出の一句が浮かんだのだという。

前の稿にも書いたが、澄雄の淡海の旅の後、私は甲州の湯の沢温泉で澄雄一行と落ち合い、吉田の火祭りを一緒に見ている。その折、

豊年や尾越の鴨の見ゆるとき

と共に見せられたのが掲出句だったが、「鬣を借りて諧を楽しんだ」澄雄の思いが、私にとっても、年を追うごとに重くなっていることを、当時感じていた。

一月や素の水落す那智の滝

昭和五十一年の作。

昭和五十七年に脳梗塞で澄雄が倒れるまでは毎年、正月の四日か五日に森家の新年

会に招かれた。この新年会は、編集部の労をねぎらってくれるように、白鳥夫人手作りの正月料理が並べられた。私達の狙いは、この後、書き初めと称して行われる色紙書きで、澄雄はもちろん、白鳥夫人も、私達も加わった。微醺を帯びた澄雄は、淡海を始め数日前まで経巡った土地での新年詠を、目の前で次々書き上げていく。感嘆の声を上げている私達は「どれでも好きなものを上げるよ」の澄雄の声を待つ。

この年私が頂いたのは、宇佐見魚目さんから貰ったという、鶏の腋毛で作った筆で書いた、ポテッとした字の

頬 白 の ち り ぢ り 飛 べ り 枯 平

の一句と、掲出句だった。

この掲出句は、暮れから正月にかけて、田平龍胆子、岡井省二の両氏と熊野に入った折の作品で、「素の水」の把握をしきりに話題にしている私達を前に澄雄も、「素の水」の「素」が、「ある感じをつかめた」といった風のことを説明してくれた。澄雄のその思いに反して、発表当時のこの作品は、「素の水」の表現がどうかで多少話題になった。しかし、澄雄自身もその後まったく触れないこの句の「素」のところに、私はずっ

とこだわってきた。

那智の滝についての名吟は、高浜虚子の

神にませばまこと美《うるは》し那智の滝

以下たくさんあるが、「素の水」の一句を除いて、〝私の那智の滝〟はなかった。

その辺に答えらしきものが見えたのは、東京にある根津美術館蔵の「那智滝図」に感動したフランスの作家、アンドレ・マルローが、昭和四十九年に実際の滝と対した折の言動であり、後に山本健吉氏が書いた『いのちとかたち―日本美の源を探る―』（新潮社）だった。

那智の滝に対したマルローは、感動の様子を見せ、徐々に後退しながら、ある一点で止まり、「ここが滝を見るのに最高の位置だ」と言ったという。そのことについて山本健吉氏は『いのちとかたち』にこんな風に書く。

「その歓びを高めるために、自分の見る位置を測定する。それは手に触れるような近さではいけない。あの雅致のない鳥居の辺りは近すぎるし、滝壺の左上方に作られた滝見台などは、以ての外である。マルロオが距離を量ろうとするのは、あの聖なる後光が霧のように立ち籠めてくる、近過ぎずまた遠過ぎない、ある距離を求めてである。言いかえれば、『その本質そのものによって護持された遠さ』である」「本質そのものによって護持された遠さ」は、まさに澄雄の「素の水」だという気がする。

鯑《はす》釣の鯰上げたるときに会ふ

昭和五十一年の作。

澄雄が淡海へ出かける時の常宿の一つ、尾上の紅鮎（荘）での作。その宿の窓から鯑を釣っている人を眺めていたら、竿にたまたま鯰がかかった。そこで澄雄は

鯑 釣 の 上 げ て 驚 く 鯰 か な

と置いた。この形では自身も気に入らない。

「だが、どうもこれではおもしろくない。〝驚く〟が答えを出してしまっているんです。それを消そうと思った。（中略）つまり、たまたま行き会った時に鯰を上げた

んです。〝驚く〟を消して、そこに何かおもしろさが出ればいい。とにかく、人生の大きな空間と時間の中でばったりそういう情景に出会ったことが意味もなくおもしろい。それはかなしいと言えばかなしいし、うれしいといえばうれしい、そうでないと言えばそうでない。かなしみを越えれば何かそういうところがあるんじゃないか。それが大きな俳諧じゃないか」（「杉」昭51年11月号）と言う。

このくだりには既に、句集『鯉素』のイメージともなっている「人間の分別、人間の案ずる時空を越えれば、すべて虚空燦々」の思いが込められている。

このころの私の楽しみの一つは、当時「杉」の印刷を頼んでいた板橋の第一印刷の校正室で澄雄と出会うことだった。東京句会の席で会った折は、周りに人が多く、ゆっくり話が聞けなかったからだ。澄雄は必ず手ぶらでやってきて、まず目の前の原稿用紙に自身の句を書いていく。一句書いては「これどう?」とこちらの反応を確かめる。時には、またたく間に、三十句近くを書き出すこともあった。メモを持たずに、芭蕉にならって舌頭千転させながら、自身の作品を体の中に蓄えている澄雄には、常に驚かされてきた。

話が横道にそれたが、澄雄の句の入稿が最後だから、活字が拾い上がってくるまで、澄雄と雑談することになる。ちょうどこのころ、澄雄は、自分の作品の中に荘子的な、あるいは老子的な滑稽が生かせれば……といった風のことをしきりに言っていたのを私もよく覚えている。

例えば『荘子』の中の、王が闘鶏に勝つための強い鶏を育てる「木鶏」の話なども、「僕はこの木鶏になることが一種の滑稽だと思う。その滑稽が俳諧につながって、世の中の、あるいは風景の、あらゆるものが、人間的な意味を越えて、面白いというところまでいければ、空間の大きな句作りができるんじゃないかという気がする」といった風に続く。

こんな話と合わせながら

鰤 釣 の 鯰 上 げ た る と き に 会 ふ

を読んでいると、澄雄の世界は『鯉素』を越えて、次句集『游方』に世界を大きく取り込んでいるように思えるのである。

大年の法然院に笹子ゐる

昭和五十一年の作。

この年の暮れの寒い一日、田平龍胆子氏を伴って哲学の道を、澄雄は歩いている。法然院はその哲学の道の突き当たりにあり、当時は現在のような砂盛りをした美しい庭はなかった。この寺の住職は「ホトトギス」の俳人で、玄関の衝立には虚子の句が書いてあったという。大年のことでもあり参詣人もなく、境内は閑散としていた。庭の寒椿と時折茂みから聞こえる笹鳴。「句は簡素な仕立てが、自ら法然にちなんで気に入っていく」と澄雄自身も言う。

ここで「自ら法然にちなんで」というように、澄雄の法然への関心は強い。自句自解の中で、「法然は、源信・明恵・親鸞・道元とあげてみて、中でも僕のもっとも好きな僧である」と、それを認めている。

澄雄の講話の中に出てくる僧は実に多い。極端なことを言えば日蓮以外の名僧の名はほとんど出てくる。前記の引用に沿って言えば、親鸞について、こんなことも言っている。若い頃、親鸞の『歎異抄』を読みながら、「地獄は一定《いちぢやう》すみかぞかし」とか「親鸞は弟子一人ももたずさふらふ」といった一種の孤独感、自意識の強い言葉に、澄雄自身の青春の孤独は支えられてきたし、フィリピンからボルネオにかけての過酷な戦争体験の中で、「地獄は一定のすみかぞかし」を呪文のように唱えてきた――といった風に僧の名前が出てくる。

では、法然は一体何だったのだろうか。その答えは、法然の『一百四十五箇条問答』の一節を引いて、この句の自句自解の中で「法然の言葉は、いっそう法然の言いようのないやさしさとしていまの世苦に丈けたおのれの心に沁みる」と書く。その言葉として挙げたのが、乱世の中、貧しい庶民との素朴で切実な問いに対する次のやりとりである。

「にら、き（葱）、ひる、しゝをくひて香うせ候はずとも、つねに念仏は申候べきやらん」

答「念仏はなにもさはらぬ事にて候」

「月のはばかりの時、経よみ候はいかが」

答「くるしみあるべしとも見えず候」

この問答と法然のやさしさについては、この年の十一月の東京句会での講話で更に詳しく触れている。

「今のわれわれの進んだ、智的な頭で考えれば、月のさわりに念仏を唱えてもいいかどうかなどということは馬鹿げて見える。馬鹿げて見えるけれども、僕にはその切なさがよくわかる。その切なさを失った現代の人間の方がどうかしていると思う。そして、それに答えた法然のやさしさというものが響いてくるわけです」

行春の旅にゐたれば法然忌

もろ鳥のこゑのもはらや法然忌

うすざくら高処にのこり御忌詣

と、従って法然忌の作品も多い。

第五章

游方

（ゆほう）

昼酒もこの世のならひ初諸子

昭和五十二年の作。

近江・堅田の、浮御堂隣の「魚清」での作。昼食をつかうために立ち寄った「魚清」の食卓には、琵琶湖名産の諸子がのぼった。それも旬の小ぶりの諸子だった。同じ『游方』の作品に、

火にのせて草のにほひす初諸子

の一句もあるが、いかにも「草のにほひ」がしそうなのが諸子である。何人かの仲間と酒を頼んだのだろう。諸子の焼ける匂いと、昼酒が効いたのか顔がほてってくる。そんな中で、澄雄の頭の中に法然上人の言葉、「まことは飲むべくもなけれども、この世のならひ」が浮かんだのだろう。

法然上人の『一百四十五箇条問答』の中の、「酒飲むは罪にて候か」の問いに対しての法然のこの言葉は、この一句の出来る前後、澄雄の口からよく呟かれ、この時代の

作品を理解する要諦にもなっている。『一百四十五箇条問答』は、百姓のおかみさんだとか漁師といった、当時のごく当たり前の庶民と法然が問答をしたものが収められている。「この世のならひ」が〝俳諧の所在〟で、酒を飲んではいかんといえば俳諧はなくなる——と、澄雄はしきりに言う。

「俳句研究」の昭和六十一年一月号にも「俳句のめでたさ」の題で、その辺に触れている。

俳諧の世界は、「この世のならひ」の中で、非常にひろい要素をもって、しかも、おもしろい。言ってしまえばそこに、「めでたさ」がある。俳諧のおもしろさは、全部、そこに集まる。ひろびろとして、遊べる世界。あれはいかん、これはいかんという世界じゃなくて、よいことではないけれども許されるという、非常にやさしく、めでたい世界ですね。

しかし、人間の世の中で、何でも許されるけれどおれはしない、という節操を一つしっかり持っておかないと、「この世のならひ」が生きてこないし、俳諧がくずれてしまう。これは大事なことです。

と書く。文体からみると、病後数年の手の不自由があったのだろう、澄雄の口述を編集者がまとめたものらしいが、当時の法然への思いは完全に語られている。

掲出の一句に即して言えば、「この世のならひ」が、「よいことではないけれども許される」という意味と、「何でも許されるけれどおれはしない」の意味との微妙なあわいで作られているところが、おもしろい。前者に偏れば生臭くなり、後者に傾けば道的な匂いが強くなる。

そのことを承知の上で「昼酒」の一句を眺めれば、琵琶湖のひろやかな風景も、「初諸子」の「初」によって導き出されるういういしさも、澄雄の心の色として、にじんで見えてくるのである。

すいときて眉のなかりし雪女郎

昭和五十二年の作。

この年の「杉」の春の同人鍛練会は、三月五、六の両日、飛驒小坂の湯屋温泉「桃原館」で開かれた。既に啓蟄のころだというのにこの日は大雪で、列車に大幅な遅れが出たため、参加の三十人全員が顔を合わせたのは、午後の四時を回ったころだった。地元の会員が少ないので、金山在住の田口冬生さん夫妻と数人の仲間が奮闘してくれたことを、私もよく覚えている。

その夜になって宿に現れたのは田口夫人こと、ひな子さんだった。ひな子さんは、それまでもこういう席で澄雄と一緒になると、必ず澄雄の肩や足をもんでくれる。この夜もそうであった。もちろん白鳥夫人も田口冬生氏も同席しているからどうということもないのだが、若い私達編集部の面々は冷やかすのである。この夜のひな子さんは、よほど急いで駈けつけてきたらしく、眉墨を引かずに出てきてしまったという。そのあわてぶりを、澄雄は、

すいときて眉のなかりし雪女郎

と書いた。まさに打坐即刻の呼吸だが、この句とともに、ひな子夫人の親切を周囲に話す澄雄の様子を、私も何度も目撃している。

澄雄の雪女郎の作品は、新潟に矢部栄子を見舞った時の、

笹飴やいとけなかりし雪女郎　（『雪櫟』）

を始め、

雪山のどのみちをくる雪女郎　（『浮鷗』）

夕すでに木のすがたして雪女郎　（『鯉素』）

雪しづかなればおのづと雪女郎　（『游方』）

などもそうだし、亡き白鳥夫人を詠った、

乳の香の少しありたる雪女郎　（『餘日』）

のように、ことごとくが、季語「雪女郎」「雪女」の暗さを負っていない。

しかし、柳田国男の『遠野物語』には、遠野の人、佐々木鏡石からの聞き書きとして、「雪女」をこんなふうに紹介している。

「小正月の夜、または小正月ならずとも冬の満月の夜は、雪女が出でて遊ぶともいう。童子をあまた引き連れて来るといえり。里の子ども冬は近辺の丘に行き、橇遊《そりっこあそ》びをして面白さのあまり夜になることあり。十五日の夜に限り、雪女が出るから早く帰れと戒めらるるは常のことなり。されど雪女を見たりという者は少なし」

他の地方でも雪女郎、雪女は妖怪であったり、白い美女だったり、老婆だったりするが、そこに結ばれる虚像はいずれも暗い。おのずから例句も、

雪女郎おそろし父の恋恐ろし　　中村草田男

のように暗い。澄雄の雪女郎が比較的明るいのは、雪女郎の既成の概念に沿わずに、人間の体温のところでとらえられているからなのかも知れない。

昼酒の鬼の踊りし曼珠沙華

昭和五十二年の作。

私が「杉」の編集の任を引き受けたのは昭和四十九年だが、そのころから「早く学校を辞めたい」が澄雄の口癖になっていた。澄雄と同年代になっている今の自分の思いと考え合わせると、その実感がよく分かる。この年の八月に、やっとその思いが果たせて、豊島高校を退職している。昭和二十二年に佐賀県立鳥栖高女に奉職、翌二十三年に都立第十高女（後の豊島高校）に移って以来、都合三十年教壇に立ってい

たことになる。

　その解放感からか、この八月のお盆休みに、岡井省二、田平龍胆子の両氏を誘って大江山に遊び、多くの作品を残している。それらの作品の中でも掲出句を取り上げたのは、この一句と私との間に妙な因縁があったからだ。当時の澄雄の西への旅は、大概岡井省二氏と語らって不意に出かけることが多く、家族以外は行き先を知らなかった。大江山行もやはりそうだったが、その留守の間に私は大江山の夢を見ている。あまりにその夢が荒唐無稽だったので、「杉」九月号の編集後記にそのことを書いている。概略、こんな夢だった。

　多勢の集まった席上、司会者から〈大江山愉快な鬼を思ひをり〉の句を解釈しろと命じられた。突然のことで迷っていると、脇から藤村（克明）氏が、「一茶だよ」と教えてくれた。「そんなはずはない」と思いながらも、一茶がいかに違う人間の顔をもっていたか、無季とは言え「愉快」が、その言葉のもつ意味をはるかに超えて使われている点を長々、興奮しながらしゃべった。気がつくと、かなりの人達が席を立っていたが、その中でただ一人、私とは俳句の関わりのまったくない知人Nが、棕梠の葉かげからこちらを見つめていた。

あまりに夢が鮮明だったので、夜明けのほの白さの中で句をノートに書き写した。もちろん俳句は一茶のものではない。

澄雄の大江山行は、「杉」九月号が出来て発行所を訪れた時知らされた。既に澄雄は私の編集後記を読んでいたから、しきりに興がっていた。傍らに狐にでもつまれたような顔で座っている私に、大江山行で出来たばかりの、

昼 酒 の 鬼 の 踊 り し 曼 珠 沙 華

を色紙に書いてくれた。

さて、大江山行は、酒好きの岡井氏が一緒だから、澄雄も行く先々で軽く付き合ったに違いないが、時には旅の心の弾みと共に、虚の世界に遊ぶ一行を思わせるのが、掲出の一句である。

この旅では、

水 爽 や か に 仏 性 の 鯉 の 髭
由 良 川 は ま だ 山 川 や 盆 月 夜

初秋や空に名のある大江山
秋興に遠く来にけり大江山
うれしさもこどものぐれしからすうり

など、『游方』を代表する作品の数々が作られている。

さるすべり美しかりし与謝郡

昭和五十二年の作。

『游方』の、というより澄雄の代表作の一句。この年の「杉」九月号に発表すると、山本健吉氏が目ざとく見つけ、九月二十七日付の東京新聞に「森澄雄の近作」なる文章を寄せ、「一読はっとさせる句、気づくと何かさわやかなもの、優雅なものが、胸のうちいっぱいに拡がってくるのを覚える句である。そしてそれが何であるのか、その実体は摑みにくい」と書き、「さるすべり」の句の実体に迫っていくのである。少し長くなるが、山本氏の文章を引用してみる。

晩夏初秋の季節に、裏日本を歩いた旅中吟の一つだろう。こういう句の面白さを言おうとして、言葉に窮するのは、作者のモチーフが、決して訪れた土地の風景にも、風物にもなかったからである。ねらいはそれらのさらに奥にあった。与謝郡といえば、天の橋立を誰しも思い浮かべるだろうし、橋立といえば、誰しも美しいと見るのは松だろう。あるいはまた、与謝蕪村のゆかりの地でもあるから、蕪村のことが作者の胸中を去来しただろうし、蕪村のゆかりの場所を訪ねもしただろう。だが、そういったことは一切没却したはてに、あたかも汲み上げた井戸の底から清澄な水がじわじわと湧きでてくるように、浮かび上がってくるものが、一句を成すのである。俳句では、古くから「成（じょう）ずる」ということを言うが、言ってみれば、それはこういうことである。

山本氏のこの言葉に、澄雄は礼状に「恐らく今の俳壇に出しても通らないでしょう。その通らない俳句をお賞めいただいてありがとうございます」と書いた。すると山本氏からは「多分君が言うように（俳壇では）通らんだろう。ただし、これが〝俳〟だ」の手紙が戻ってきたという。

山本氏の文章や、その後の澄雄とのやりとりで掲出句の評価は定まったと言えそうだが、私には「美しかりし」の表現が理解しきれず、拙者『森澄雄とともに』の中で、多くの頁を費していどんだが、その経過の報告は、ここでは省略する。

ただ、「美しかりし」の方法論にこだわり過ぎて見えなかった実体が、この年の東京句会での講話で澄雄が紹介した、臨済宗の僧の言葉「趣向せんとすれば即ち乖《そむ》く」で少しわかり始めた。この言葉の本来の意味は「自分の他に仏を求めるな」の意だが、私は字義通りに受け止め、「趣向せんとすれば」に重きを置いて、「さるすべり」の句に心を寄せていくことで、悩みに悩んだ「美しかりし」が見えてくるようになった。と同時に『游方』のトータルな世界も、この「趣向せんとすれば即ち乖く」の理解なくしては見えてこない世界であることを、私は痛感したのである。

もののふの東にをりて西鶴忌

昭和五十二年の作。

この一句も

　さるすべり美しかりし与謝郡

の出来た旅で作られている。その旅の夜の句会の折、同行の田平龍胆子氏が作った西鶴忌の句に対抗して作った打坐即刻の句だという。

この一句に異常なほど私は関心を持つが、あまりこの句に触れた評言に出会わない。「山本健吉さんがほめてくれた」と澄雄は言うが、その資料が見つからない。しかし、私にとって「東にをりて」が気にかかって仕方ないので、最近、澄雄とこんな会話を交わした。

榎本「先生は姫路に生まれて長崎で育たれているから、どちらかと言えば〝西〟の人ですね。当然〝東〟という思いも、関東で生まれ育った私達と違うと思うんです」

森「関西の風景と関東の風景を比べてみると、山の姿がまず違うんですね。また歴史的に見ても、関西は町人の世界だし、関東は武士の世界というイメージがある」

榎本「それでも『東にをりて』といった時、先生と私のスタンスが違いますね」

森「僕の育った長崎は山に囲まれた風景だったが、関東へ来て、とても広い感じがした。と同時に関西と比べると、やや風土が粗い感じがしますね。だから『東にをりて』は、そういう思いへの一種の愛着だろうと思うんだが……」

話が横道にそれるが、三十年ほど前、私は妙な経験をしている。会社の転勤で三年半札幌にいたのだが、行った当初は、道内どこを巡っても本土では見たことのない自然や習慣にお目にかかれて一種の興奮状態だったが、二年、三年と経つうちに、だんだん望郷の念が強くなり、一日も早く東京へ帰りたいと思い、東京を通り越して、京都や奈良、大阪へ行きたい思いに駆られたことがある。事実、帰京後早速、関西を経巡ったが、大陸的な風土の北海道に永く住むと、血の中に組み込まれている日本人としての〝文化〟に異常をきたすのだろう、と自得した覚えがある。

そんなこともあって、〈もののふの〉の句に触れると、言いようのない懐かしさを覚える。と同時に、澄雄が関東の風土に粗さを感じたことへの思いとしての「西鶴忌」とは逆に、私の場合は、西鶴に代表される〝西〟の文化への一種のコンプレックスとして、この一句に対する。「をりて」に「仮の」の時間として見えてくる澄雄の視点とは明らかに違う、「もののふの東」に生まれながら居る、その「東」から見える西鶴忌が、青年のような負の要素を負っていることも、正直事実なのである。

無事は是貴人といへり　蕪蒸

昭和五十二年の作。

既に紅葉も見頃を過ぎたころ、澄雄は箕面に遊んだ。この旅もまた岡井省二、田平龍胆子の両氏と行を共にしている。景勝地の箕面公園は、箕面川の浸食でできた谷で、役の行者の開基と言われる滝安寺もここにある。「土産物屋の焼栗の香にさそわれて一袋を買い、それをほおばりながら、後藤夜半の

滝の上に水現はれて落ちにけり

の箕面の滝を見、あたりの冬紅葉の景観を楽しんだ」と自句自解にはある。

そこに珍客が現れた。ひとり句作りに来ていた「杉」の岩井英雅君だった。一座は急に賑やかになり、その後の夕食の折の句会は一層弾んだ。この席でできたのが、掲出の一句で、「この一夕の歓談はいかにも無事是貴人のおもむきがあった」と澄雄も述

懐する。

「無事是貴人」の言葉は、臨済宗の祖・臨済義玄の法語を集めた『臨済録』に出て来て、澄雄がよく散歩に出かける武蔵野の平林寺の入場券にも印刷してある。詳しくは、「無事是れ貴人なり、更に造作すること莫かれ、祇《た》だ是れ平常《びやうじやう》なり」とある。澄雄の解釈によると、「何事もないのが貴い人だ。決していたずらに余計な意志を働かせてはいけない。ただ無心にあたりまえであることだ」といった意味らしい。

「貴人」を「きじん」と読んでの一句の調子から、澄雄は句会の席では、「蕪蒸」を「蒸蕪」と置いた。微妙な呼吸である。しかし、料理名としては「蒸蕪」はない。その後改めて読んだ『臨済録』でも、茶道の世界でも「きにん」と読んでいることを知った澄雄は「きにん」と読むなら「正式の蕪蒸でいい」という認め方をしている。これも微妙な呼吸である。ただし、今では「きにん」でも「きじん」でもよかろうと自句自解に言う。

この一句ができた当初、澄雄は、自ら指導する句会でこんな実験をしている。つまり「無事は是貴人といへり」の上五・中七までを提示し、続けて冬の季語をおいて一句にまとめろ、というのである。十分ほどして出てきた季語は、「冬日向」「日向ぼこ」「冬日和」「白障子」「冬の菊」「枇杷の花」「石蕗の花」などだったという。そこで澄雄は言う。「なかでは『石蕗の花』が一番人気があったが、どれも『無事』や『貴人』にひかれて、それによく似合うもの、というごく一般的な常識が働いていることに気づかれるだろう。従ってどれもまず平凡な作品ということになる」(『俳句遊心』)。ここでもまた澄雄は、微妙な呼吸のことを言っているのである。

魚は氷に上りて白き鷗どり

昭和五十三年の作。

この年の二月十八、十九の両日、「杉」は京都の嵯峨野で同人鍛練会を行った。一日早く西下した澄雄は、牡丹雪の舞う嵐山に遊んでいる。雪が舞っても、宿の庭には馬酔木が咲き、近くを流れる大堰川には魚も光り、その上を飛ぶゆりかもめにも春の光があった。折から、「魚氷に上る」の候。とっさに澄雄は掲出の一句を作った。

この時の思いを澄雄は、四月一日付の読売新聞に書いている。

「この季節の実像をとらえた『魚氷に上る』という俳諧の季題も、古くさい季題として、もう現代の俳人はだれもとり上げないのではないか。だがぼくには早春の光と生動をとらえたたしかな季節の実感とともに、造化の妙、さらに大きく言えば虚空のひろがりを覚えた」

このころ澄雄は、しきりに「中国七十二候」のおもしろさに触れている。中国のそれにならった高井蘭山の「本朝七十二候」より、時には荒唐無稽の空想的候名をまじえた元の「中国七十二候」の方がおもしろいとも言う。

この関心は更に続き、三月になってから

　煦々として鷹とて鳩となりにけり

の一句もこしらえている。「中国」の方は、「桃華き、倉庚《ひばり》鳴き、鷹化して鳩と為る」だが、「本朝」になると「菜虫蝶と化す」の実景に置きかわる。この辺の妙を、澄雄は「ぼくにはこの古代中国人の俗信も、虚心を心にいれた濶大《かつだい》な諧謔ととってなかなか面白い」と、同じ読売新聞に書く。

この秋になって、今度は「雀化して蛤となる」の季語から

蛤や少し雀のこゑを出す

を発表している。

「中国七十二候」に始まった季語を歳時記で綴ってみても例句に乏しいか、例句があったとしても、言葉のおもしろさのところで作られているばかりで、「荒唐無稽の空想的候名」の持つゆたかさを損ねている句が多い。

例えば一茶の

蛤になる苦も見えぬ雀かな

では、事柄のおもしろさに寄りかかり過ぎているし、村上鬼城の

蛤に雀の斑あり哀れかな

には、言葉のゆたかさを情感のところに引き据え過ぎている。

その点、澄雄の掲出三句の季語は、その荒唐無稽、空想といった思いが、澄雄の心の中に十分に拡散し、成熟しながら、読者に手渡しされる〝ゆたかさ〟がある。この復権もまた、現代俳句の〝痩せ〟を封じ込める大事なことに思える。

首と肘左に黒子《ほくろ》伝教会

昭和五十三年の作。

滅多に俳句に注を付けない澄雄だが、この一句には、珍しく長めの次の注が付いている。

「延暦二年正月廿日に出された『度牒』に『沙彌最澄十八』として『近江國滋賀郡古市郷戸主正八位下三津首浄足戸口同姓広野、黒子頸左一　左肘折上一』とあり」

澄雄はいろいろな書物を読むが、仏教書もその一つ。この年も最澄のものを読んでいて、こんな発見をしたのだという。その経緯については、『俳句遊心』（五月書房刊）の「最澄の黒子」に詳しいので次に引用する。

「……そうした仏教的な感動とは別に、もっと強く不思議な感動を受けたのは、ほかでもない最澄の黒子である。僧籍に入った少《わか》き日の最澄に関して今日『来迎院文書』とよばれる三通の公文書が残っている。『信長公記』のしるす『根本中堂、山王二十一社をはじめたてまつり、霊仏霊社僧坊経巻、一宇も残さず、時に雲霞のごとく』焼き払った、所謂信長の叡山焼打にも不思議にこれは難をまぬかれたものであろう。それは『国府牒』『度牒』『戒牒』の三通である」

と書く。その中の「度牒」に書かれてあったのが、最澄の出歴を示す、澄雄の自注にもある「沙彌最澄……」以下の文言だった。中でも澄雄を感動させたのが「黒子頸左一　左肘折上一」の十文字だった。今なら、身分証明書からＩＤカードまで、身分を証明する手だては目的に応じて幾通りもあるが、当時は、こうした身体的特徴を明記することで、最澄といえども他人から区別されていたのだろう。

その感動を澄雄は更に続けて、こう書く。

「これを見たとき、あるいは彼の仏教的決意よりも、もっと強いある不思議な感動を覚えたのは何故だろう。無論、最澄を支えるものは仏僧としての偉さにちがいない。だが、その時、僕を襲ったのは、いわば最澄の人間としての原点としてのなつかしさ、或いは、人間としての言いようのないいとしさ、かなしさのようなものであったろうか。いまそれを上手に言えないが、この二つの黒子から、不思議に最澄が見えた思いがあった。だが、そうした無意味なものへの感動の仕方は、やはりようやく、六十に近くなった年齢のせいだろうか」

「無意味なものへの感動」と澄雄は書くが、そこが見えるから、表の最澄も、澄雄にはおもしろいのだと思う。

旅と和綴じ帳

榎本　好宏

師・森澄雄を見送ってからの間、澄雄との旅の思い出が頭を離れない。いつもそうだが、この旅には数冊の和綴じ帳と、携帯用の硯《すずり》に墨と筆が用意される。これらの準備は同行の弟子の仕事でもあった。

宿に着いて、夕飯を早々に終えると、誰かが墨をすり始め、かの和綴じ帳が出てくる。まず澄雄が当地ゆかりの表題を書き、その題にそった一句を、連句の発句のようにしたためる。この一句を受けて、さながら脇句のように次の者が書いていく。三句目以下もこの手順で進む。

私の手元にも何冊かの和綴じ帳が残っている。これは平成二年のことだが、琵琶湖畔の堅田の祥瑞寺に澄雄の句碑

秋の淡海《おうみ》かすみ誰にもたよりせず

ができ、この寺で「杉」二十周年の大会が開かれた。澄雄父子に誘われて私は、前日を奈良に遊んだ。

この時の一冊が、「葛城の道」の表題の和綴じ帳である。この題を書いて間髪をいれず澄雄は

諸食《いも》ふやはや暮れそめし浄瑠璃寺

と書いた。浄瑠璃寺近くの露店で焼き諸を買って、三人で食らった景である。すかさず私も

秋水を慕ひて行けば浄瑠璃寺

と唱和する。すると澄雄は少し離して

一遍路また追ひ抜かれ草の花

と三句目を置く。私も倣って離し

今頃の翁見に来よ菊の花

と書いた。まだ俳句を始めたばかりの長男、潮君も、この日初めて

幼子の口に紅さす秋祭

の一句を作った。この日はもう一巻「寧楽山」も興したが、澄雄はこの夜三十

句余を作ったことになる。

澄雄の代表句

ぼうたんの百のゆるるは湯のやうに

のできた現場にも私は立ち会っている。

この句のモデルは、東海道線の二宮駅からほど近い徳富蘇峰記念館の庭にあった樹齢二百年の牡丹《ぼたん》である。残念ながら牡丹は散っていて、この日の句会の和綴じ帳には

かくやくの陽を吸ひやまぬ黒牡丹

の一句しか牡丹の句はない。

くだんの「ぼうたん」の句は間もなくできたが、実際に咲き揃《そろ》った牡丹を見ていたら、この句ができたかどうか、と澄雄は言いながら、「これも作家の持つ不思議な虚実の一つ」と付け加える。名句誕生の現場に立ち会えた栄を、私は今も大事にしている。

（平成22年8月24日付け、「東京新聞」）

白鳥夫人の許へ

榎本　好宏

師・森澄雄の訃報《ふほう》は十八日早朝にもたらされた。予測はしていたが、いざ訃報に接すると、その動揺はあまりに大きかった。しかも今秋は澄雄主宰の俳誌「杉」の創刊四十周年、計画もほぼ終えていた周囲の動揺もまたしかりである。

この前日の十七日は白鳥夫人の命日である。白鳥夫人とは澄雄夫人のアキ子さんのことである。「杉」創刊前のことだが、加藤楸邨も出席した埼玉大学句会の忘年句会の折、句座の真ん中に置かれた大きな白紙に一同がそれぞれ立っていって忘年句をしたためた。森澄雄の一句はと言えば

除夜の妻白鳥のごと湯浴みをり

の、やや艶《つや》っぽいものだった。この紙のコピーは今も私の手許《てもと》にあるが、以後誰言うとなく、アキ子夫人のことを白鳥夫人と呼ぶようになった。

ことほどさように、森澄雄の愛妻俳句は、第一句集の『雪櫟《ゆきくぬぎ》』から多い。「一番小さな人間愛、夫婦や親子の愛を大切にしない人を、俺《おれ》は信用しない」の口癖は、戦地のボルネオで九死に一生を得た澄雄の人生哲学だった。

その白鳥夫人に不幸が訪れた。昭和六十三年（一九八八）八月十七日だった。享年六十三でもあった。十八日の仮通夜、十九日の本通夜を経て、告別式は二十日に行われた。棺《ひつぎ》に澄雄の全著書と、澄雄の紫綬褒章受章の折に新調した着物が納められ、胸の上には二年前の作品

　妻がゐて夜長を言へりさう思ふ

の色紙が置かれた。出棺の間際のことだが、葬儀屋の職員に命じて、もう一度棺の蓋《ふた》を開けさせた澄雄は、白鳥夫人の唇に自らの唇を重ねた。周囲にいた者は皆大声で泣いた。

「杉」九月号の最後の作業に掛かっていた私は、あまりの憔悴《しょうすい》に、澄雄の出句をあきらめかけていたが、ぎりぎりのところで、二句の出句があった。「八月十七日、妻、心筋梗塞《こうそく》にて急死　他出して死目に会えざりき……」の詞書《ことばがき》の付いた

木の実のごとき臍もちき死なしめき

などの句だった。

白鳥夫人の一周忌は翌年の七月三十日に自宅で営まれた。床の間には

なれゆゑにこの世よかりし盆の花

が掛けてあった。この後料理屋で行われた供養の席で澄雄は、明恵上人の後を追って自殺した弟子の僧の話をした。

かいつまんで話せばこういう内容である。明恵上人には、明浄房慈弁と尊順房尊弁という二人の弟子がいて、日ごろから明恵より先に死にたいと願を掛けていた。ところが明恵は貞永元年（一二三二）正月十九日他界した。そこで二人の僧は二十三日に栂尾を出奔、翌々日の二十五日に海に身を投げて死んでしまう、という内容だった。

床の間に掛けられた「なれゆゑに」の一句と、明恵上人の弟子の僧の話と併せて、「森先生、大丈夫かしら」の不安が、当時の会員の間に広まった。

その後の東京句会では、明恵上人の話をもう一度した後に、芭蕉が寿貞に死なれた折の作

数ならぬ身となおもひそ玉祭

を挙げ、「芭蕉は、自分の心底の声を出した稀有《けう》な一人だと思う。俳句を作るよりも、人間がどう生きるかという、人間の真実の思いを表出した」という話をしたことで、前記の会員の不安は解消した。

今年の白鳥夫人の忌日の十七日に私は、初蜩《ひぐらし》を聴いた。　合掌

（平成22年8月20日付け、「毎日新聞」）

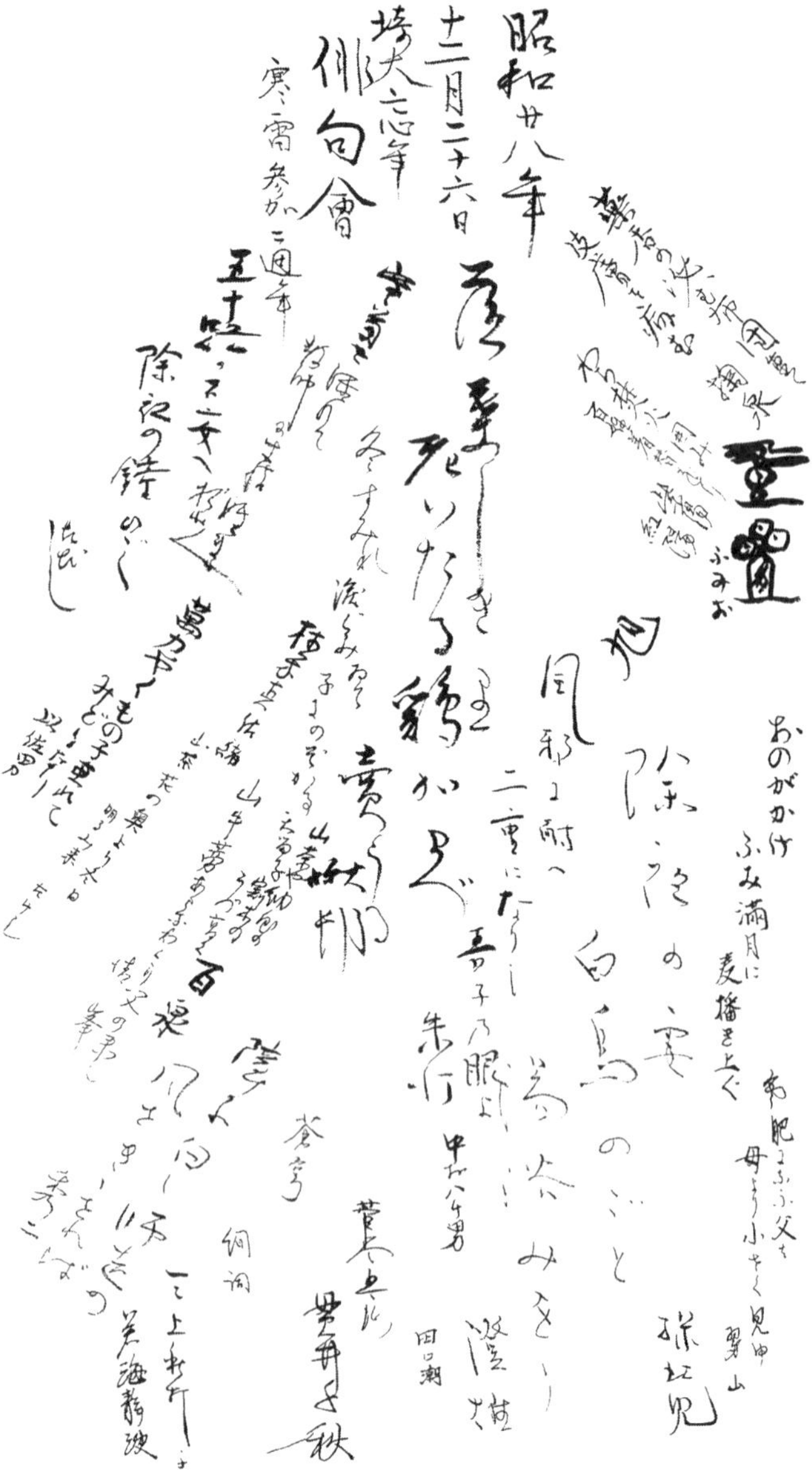

提供／森田 公司

この寄せ書きについては28頁の
〈除夜の妻白鳥のごと湯浴みをり〉の一文をご覧下さい。

あとがき

榎本好宏

緑あって、私は、「杉」の創刊から森澄雄に師事してきた。その間、十八年余にわたり「杉」の編集の任にもあったから、澄雄に最も近い所で俳句を学ぶことの出来た一人だった。

編集の任を下りる折、これまでの自分の仕事をまとめる意味もあって二冊の本を出している。一冊は澄雄の作品や生活等をまとめた『森澄雄とともに』(花神社刊)だった。この集名の由来は、細く細く人間像を削って仕上げる彫刻家・ジャコメッティに惚れた矢内原伊作が、同居しながら書いた一冊『ジャコメッティとともに』に倣った積もりでいる。もう一冊は、私の森澄雄インタビュー集『俳句　この豊かなるもの』(邑書林刊)である。「杉」の仲間からの要望や森澄雄の作品等について、年に一、二度マイクを抱えて行って森家で採録したもの十三編をまとめた。

編集の任を下りてやれやれと思うところだが、この二冊だけで私は満足できなかった。すかさず新編集部に頼み込み、「杉」誌上で「森澄雄の百句——その鑑賞と背景」を書き始めた。これを書き上げて、やっと森澄雄から卒業できると思い始めていたのだが、途中、事情があって中止せざるを得なくなった。今回出版の『森澄雄　初期の秀吟』は、その折の連載である。

巻末に、二紙に書いた森澄雄の追悼文を掲げたが、来年の八月が没後十年だからである。この一冊は、私の個人的な意を込めての追悼の一集である。

著者略歴

榎本　好宏（えのもと　よしひろ）

昭和 12 年 4 月 5 日 東京生まれ。

昭和 45 年「杉」創刊に参画。主宰 森澄雄に 40 年間師事し、編集長を 18 年余務める。森澄雄死後「杉」を退会。

平成 22 年 句集『祭詩』で第 49 回俳人協会賞受賞。

平成 26 年 選者を務めた俳誌「會津」終刊後、俳誌「航」を創刊、主宰。

平成 27 年『懐かしき子供の遊び歳時記』で第 29 回俳人協会評論賞受賞。

読売新聞地方版選者。俳人協会名誉会員。日本文藝家協会、日本エッセイスト・クラブ各会員。「件」同人。

森澄雄 初期の秀吟

発　行　令和元（二〇一九）年八月一八日　初版
著　者　榎本好宏
発行者　小口卓也
発行所　樹芸書房
〒一八六-〇〇一五
東京都国立市矢川三-三-一二
電話　〇四二（五七七）二七三八
編集製作　航出版
印刷所　明誠企画

ISBN 978-4-915245-72-5 C0295
定価は裏表紙に表示してあります。